문학과지성 시인선 **460**

왜냐하면 우리는
우리를 모르고

이제니 시집

문학과지성사

문학과지성사에서 펴낸 이제니의 시집

그리하여 흘려 쓴 것들(2019)

문학과지성 시인선 460

왜냐하면 우리는 우리를 모르고

초판 1쇄 발행 2014년 11월 1일
초판 22쇄 발행 2024년 9월 4일

지 은 이 이제니
펴 낸 이 이광호
펴 낸 곳 ㈜문학과지성사

등록번호 제1993-000098호
주   소 04034 서울 마포구 잔다리로7길 18(서교동 377-20)
전   화 02)338-7224
팩   스 02)323-4180(편집) 02)338-7221(영업)
전자우편 moonji@moonji.com
홈페이지 www.moonji.com

ⓒ 이제니, 2014. Printed in Seoul, Korea

ISBN 978-89-320-2670-1 03810

이 책은 2013년 서울문화재단 예술창작지원금을 수혜했습니다.

문학과지성 시인선 460

왜냐하면 우리는 우리를 모르고

이제니

2014

시인의 말

나무는 어제보다 조금 더 자란다
구름은 어제보다 조금 더 죽는다

손가락과 심장으로
순간 속에서 순간 속으로

내 눈 속의 어둠과 함께 간다

2014년 11월
이제니

왜냐하면 우리는 우리를 모르고

차례

시인의 말

빛보다 빠른 오늘의 너에게

코끼리 그늘로부터 잔디

코끼리는 간다

들판을 지나 늪지대를 건너
왔던 곳을 향해 줄줄이 줄을 지어

가만가만 가다 보면 잔디도 밟겠지
어두워졌다가 밝아졌다가
발아래 잔디도 그늘이 되겠지

미안합니다 미안합니다
괜찮습니다 괜찮습니다

속으로 속으로 혼잣말을 하면서
나아갔다가 되돌아갔다가

코끼리는 간다

기린이 그린

기린이 그린 그림은 기린이 그린 그림
구름이 그린 기린은 구름이 그린 기린

그림 속의 기린은 구름이 될 수 있다
그림 속의 구름은 기린이 될 수 있다

구름이 달리면 기린은 둥실 떠오르고
기린이 눈을 감으면 구름은 잠이 들고
잠이 든 구름 곁으로 초원이 놀러오면
초원의 초록 들판을 기린이 가로지르고

기린이 그린 구름이 초원 위로 흐를 때
초원 위로 흐르는 것은 기린인가 구름인가

대답하는 대신 다시 묻는 네가 있고
긴 목을 휘저으며 그저 웃는 구름이 있고
뭉게뭉게 휘날리며 흩어지는 기린이 있고
묻는 대신 대답하는 오늘의 내가 있고

기린이 그린 그림은 기린이 그린 구름
구름이 그린 기린은 구름이 그린 그림

그림 속 구름이 기린이 그린 그림이고
초원 위 그림이 기린이 보는 구름일 때

기린은 하늘을 날 수 있고
구름은 구름을 낳을 수 있어
초원은 마음속에 펼쳐지는 것
풀벌레 하나까지 아낌없이 펼쳐지는 곳

초원의 기억은 기린을 지나치고
지나친 기억은 구름처럼 지나치고
어제의 사람은 어제의 사람으로 흐르고

기린이 그린 그림은 기린이 그린 그림
구름이 그린 기린은 구름이 그린 기린

가지와 앵무

가지가 있다
가지가 하나 있다

하나의 가지 뒤에 또 다른 가지 하나가
또 다른 가지 뒤에는 앵무가 하나 온다

앵무는 날아온다 날아와서 앉는다
가지 위에 가지 위에 가지런히 가지 위에

가지 위에 앵무 하나
가지 위에 앵무 둘

사라지지 않기 위해 나는 이곳에
가지 위에 가지런히 두 발을 얹고서

추위도 더위도 얼음도 눈물도
이 가지 위에서는 모두 똑같다

가지 위에 빨강 하나
가지 위에 빨강 둘

마중인지 배웅인지 모를 얼굴로
앵무는 가지를 가지를 흔든다

나는 지금 노래를 부르고 있다
아무 뜻 없는 노래를 부르고 있다

가지 위에 얼굴 하나
가지 위에 얼굴 둘

누군가 손가락을 들어 나무를 가리킨다
무수한 가지들 위에는 무수한 앵무들이

달과 부엉이

달과 부엉이는 가깝다. 기억과 종이는 가깝다. 모자와 사과는 가깝다. 꽃과 재는 가깝다. 모래와 죽음은 가깝다. 나무와 열매는 가깝다. 수풀과 슬픔은 가깝다. 눈물과 바람은 가깝다. 구름과 어둠은 가깝다.

밤의 부엉이는 날아오른다
멀어지는 달을 바라보는 부엉이의 눈

검은색과 검은색 사이의 검은색
한순간 소용돌이치며 타오르는 수풀

그늘이 드리워진 몸
고여 있는 물에서 떠나온 벌레들

부엉이는 머리를 돌린다
앞을 바라보듯 뒤를 바라보는 몸

벌레의 날개 날개의 잎맥

수풀 속에서 슬픔을 감추듯

백지 위에서 사라지는 한낮
연기를 날리며 피어오르는 꽃

타오르기 전의 윤곽이 재의 얼굴로 되살아날 때

검은색과 검은색 사이의 검은색
어둠을 밀어내며 날아가는 거대한 날개

꽃에게서 재에게로 흐르든지
재에게서 꽃에게로 흐르든지

바람과 구름은 가깝다. 얼굴과 날개는 가깝다. 나무와 벌레는 가깝다. 어둠과 호수는 가깝다. 유리와 심장은 가깝다. 죽음과 묵음은 가깝다. 정오와 자정은 가깝다. 얼음과 울음은 가깝다. 밤과 몸은 가깝다.

꽃과 재

여기저기에 꽃이 있었다
여기저기에 내가 있었다

너는 꽃을 뒤집어쓰고 죽어버렸다

붉고 환한 것들은 오로지 재
느리게 소용돌이치며 구름의 재

어둠 속에 어둠이 있었다
불타오른 자리는 희고 맑았다

뒤를 돌아보는 사람은 쓸쓸한 사람
그림자가 없는 사람은 이미 죽은 사람이다

흔적은 도처에 있었다
꽃은 가지 끝에서 피어올랐다

꽃은 그림자들의 재

재는 그림자들의 꽃

감은 눈으로 무언가를 보고 있었다
보이는 대로 보이는 것들이 있었다

뒤를 돌아본다 뒤를 돌아본다

꽃잎 위로 회색이 내려앉고 있었다
차가운 물에 천천히 얼굴을 묻었다

나무의 나무

나무는 숲으로 이르고 숲은 바람으로 이른 아침
여위어가는 얼굴로 바람이 말한다 사물들을 가만히
두어라 아무것도 움직이지 말아라 그저 가만히 놓
아두어라 이미 그러하다 이미 그러했다 말라가는 가
지들처럼 마른 바람이 불어온다

나무의 나무는 곧고 나무의 나무는 휘어진다
나무의 나무는 어둡고 나무의 나무는 혼자다

어느 날의 꿀맛 같은 잠
어느 날의 돌아오고 싶지 않은 마음

나무의 나무가 흔들릴 때 나무의 나무의 계절은
흐르고 나무의 나무는 조금 늙거나 나무의 나무는
조금 더 짙어지는 것인데 어제의 손이 더 차갑거나
더 뜨겁게 느껴지는 것은 오늘의 혈관 속을 흐르는
혈액의 비밀 때문인지도

녹음이 우거진 지평선
만지면 만질수록 엷어지는 몸

순간의 감정을 대신할 또 다른 감정을 찾기를 포
기하라 사물들을 가만히 두어라 아무것도 움직이지
말아라 그저 가만히 놓아두어라 그저 가만히 놓여
있어라 보이지 않는 입이 있어 보이지 않는 그림자가
있어 무수히 되뇌었던 말들을 다시 소리 내어보는 것
인데

그때 우리는 아무것도 듣지 못했다 그때 우리는
아무것도 보지 못했다 우리는 아무것도 갖지 않았
다 우리는 우리로 놓여 있지 않았다 아무것도 아무
것으로 놓여 있지 않았다 이미 그러하다 이미 그러
했다

사선으로 흩날리는 빗방울
흩어지다 모이는 최초의 구름

나무는 숲으로 이르고 숲은 나무로 이른 아침 나무의 나무는 나무의 나무로 흔들리며 시간의 틈을 얼핏 열어 보여주는 것인데 어느 날의 작고 어린 개가 있어 어느 날의 희미한 양 떼와 검은 모자가 있어 나무의 나무는 하나인 채로 여럿이고 나무의 나무는 고요하고 나무의 나무는 가깝고 나무의 나무는 다시 멀어지는 것인데

아마도 그러하다 아마도 그러했다

나선의 감각
— 검은 양이 있다

검은 양이 하얀 양을 부른다. 하얀 양이 검은 양을 부른다. 아이들은 붉은 풍선 속에 누워 있다. 검은 천이 푸른 하늘에서 내려온다. 내 마음에는 검은 양이 하나 있다. 검은 양이 하나. 검은 양이 하나 있다. 검은 양이 검은 개를 부른다. 검은 개가 하얀 말을 부른다. 아이들은 노란 수수를 쥐고 있다. 금붕어는 초록 수초를 먹고 있다. 그날의 얼굴은 붉지도 검지도 않았다. 물속의 공기 방울에게 거짓 맹세를 했다. 더 이상 어제로 돌아가지 않겠다고. 아침은 어제보다 조금 늦게 왔다. 금붕어는 죽고 없었다. 아름다운 날들이구나. 나무를 떠난 자두만큼 아름답구나. 은색의 종이가 펄럭인다. 연필을 함부로 낭비했다. 지우개는 조금 아꼈다. 검은 깃발이 하얀 노래를 부른다. 하얀 노래가 검은 새를 부른다. 정오의 꽃이 시들고 있었다. 비행기는 왼편으로 날고 있었다. 회전하는 것들은 날개가 없었다. 잃어버린 것들이 휘돌고 있었다. 꼬리는 붉고 검고 짧았다. 울적한 얼굴이 하나 있었다. 얼굴이 하나. 얼굴이 하나 있었다.

나선의 감각
— 잿빛에서 잿빛까지

누군가 언덕 위에서 소리 없는 구슬을 던지고 있었다. 구슬은 낙하한다. 구슬은 추락을 용인한다. 구슬은 울지 않는 날들 속에서 태어난다. 울음의 입을 막고 있는 둥글고 불투명한. 그는 끊임없이 말한다. 그는 끊임없이 입을 다문다. 하나의 죽음을 갖기 위해 사십 년의 생이 필요했다. 이 생을 좀더 정성껏 망치기 위해 나는 몇 마리의 개를 기르고 몇 개의 무덤을 간직하였으며 몇 개의 털뭉치를 버렸다.

서서히 눈멀어가는 개의 고독
두려움이 모종의 소리로 흩어질 때

그는 어둠을 본다. 어떤 어둠. 소리 없는 구슬 속에 도사린 어둠. 구슬은 수천수만으로 분열되어 빛의 분수처럼 터져나가며 다시 최초의 어둠으로 태어난다. 그는 잿빛, 잿빛이라고 중얼거린다. 그는 죽기 직전의 감정으로 잿빛이라는 말을 고안해낸다.

잿빛에서 잿빛까지
잿빛을 향해 나아가는 잿빛으로

희망의 여지 없음을 생의 헌사로 받아들이기로 한 불구자의 내면을 생각하는 밤. 되찾을 수 없는 것을 더 이상 되찾을 수 없으리라는 희망. 그는 견딘다. 그는 기쁘게 견딘다. 습도가 낮은 방. 모든 물체는 정전기를 일으킬 수 있다. 잃어버린 신체의 일부라 할지라도. 이 빈혈성의 불꽃은 더없이 희미하다. 더없이 희미한 채로 온전히 환하다.

잿빛에서 잿빛까지
잿빛을 향해 나아가는 잿빛으로

구슬은 흐른다. 어김없이. 어쩌면 점점 더 빠른 속도로. 마치 쏟아지듯이. 누군가의 비밀스런 적의처럼. 누군가의 마지막 순간처럼. 구슬은 흐른다. 그는 몇 개의 죽음 앞에서 눈물을 흘린다. 그것이 그 자신의 죽음이라도 되는 것처럼. 이미 죽은 자신의 몸을 바라보며. 그는 지난 사십 년간 애완해왔던 것들의 목록을 수첩에 적는다. 그 자신도 알아볼 수 없는 속도로. 아주 빠른 속도로. 그것들의 이름을 잊지 않기 위해서. 잊어버리기 위해서. 그는 기록에 골몰한다. 그가 낭비했던 무수한 종이들. 종이 위의 흉터를. 기억의 흉터를 지워버리기라도 하겠다는 듯. 그는 또다시 종이를 낭비한다. 구슬은 흐른다. 소리 없는 소리 속에서 태어나는. 둥글고 불투명한.

재빛에서 재빛까지
재빛을 향해 나아가는 재빛으로

개의 동공은 점점 굳어간다
식어가는 빛. 하얗고 불투명한
안개와 안개 사이. 불빛과 불빛 사이

두 개의 동공은 서서히 멀어져간다. 서로가 서로

를 경멸하면서. 서로가 서로를 간신히 의지한 채로. 가장 가까운 동시에 가장 멀리 있는 두 개의 구멍.

잿빛에서 잿빛까지
잿빛을 향해 나아가는 잿빛으로

어둠의 밀도가 깊어진다. 그는 드디어 두려움을 보기 시작한다. 최초의 장면처럼 어둠이 드러난다. 그는 자신의 그림자를 바라본다. 그 자신의 유령을 바라본다. 그는 자신의 그림자를 도려내기라도 하겠다는 듯 맹렬하게 짖어댄다. 두려움으로 두려움을 짖어댄다. 어둠이. 더 깊은 어둠이. 잿빛이. 더 깊은 잿빛이.

불투명하고 둥근 빛 속에 간신히 은거하는 몸. 그는 그저 겨우 몇 개의 구슬을 반복적으로 던질 수 있을 뿐인데. 그것들은 폭죽처럼 터지며 빛의 속도로 어둠으로 되돌아가고 있는 것인데. 잿빛에서 잿빛

까지. 잿빛을 향해 나아가는 잿빛으로. 무언가 전도
되고 있는. 슬픈 동시에 아름다운. 손쓸 도리 없는
순간에. 바로 그 순간에. 무언가로부터 가장 가까이
있으면서도 가장 멀리 있다는 자각의 순간에. 그는
그저 몇 개의 단어를 반복적으로 내뱉으며. 누군가
에게 위안의 말을 던지는 것으로 자신을 위안한다.
그 순간. 아름답고도 막막한 거리가 생겨나. 두 번
다시 돌아오지 않는 찰나 속에서. 아롱진 새 떼와
마지막 나무 사이에서. 눈부신 잿빛 속에 놓여 있는
오래된 개의 고독을. 그 불투명하고 둥근 구슬을 바
라보는 것인데.

  잿빛에서 잿빛까지
  잿빛을 향해 나아가는 잿빛으로

  누군가 언덕 위에 서서 소리 없는 구슬을 던지고
있었다. 구슬은 불투명한 소리를 내며 구르는 동시
에 사라지고 있었다. 자신의 무덤 곁으로. 한 발 한

발 천천히. 두려움 없는 매복의 자세로. 소용돌이치
며 둥글게 흔들리는 동공 속으로. 잿빛 속으로. 잿
빛을 향해. 울면서. 속으로 울면서. 뛰어들고 있었다.

나선의 감각
― 물의 호흡을 향해

보이지 않는 당신을 본다라고 하자 희고 마른 뼈
의 적막을 듣는다고 하자 심해의 어원을 찾아 깊이
깊이 떠돈다고 하자 물결의 적막을 적막의 불길이라
고 부른다고 하자

나아가는 동시에 멈추는 나뭇가지

번역 투의 문장만이 우리가 가진 모든 것이라고
하자 뼈로 만든 악기가 울고 있구나 물결 속에서 물
결을 향해 물결이 되어 물결로서 물의 호흡을 향해
한다고 하자 물의 호흡을 향해 간다고 하자 회색이
라는 말을 똑같은 호흡으로 기록한다고 하자 호흡이
은유의 뼈를 만지다 사라진다고 하자 그곳이라는 말
에 어제의 동공이 열린다고 하자 노래를 숨겨온 너
의 입술이 내일의 말을 하는 것이라고 하자

그렇다 그렇다

빛을 보는 내가 있다라고 하자 어둠에 둘러싸여
어둠으로 말하는 내가 있다라고 하자 규칙적으로
불어오는 바람이 있다라고 하자 간신히 천천히 낮게
드리우는 그림자가 있다라고 하자 그림자를 향해 호
흡하는 내가 있다라고 하자 그 곁에 당신이 있다라
고 하자 회오리치는 마음이 있다라고 하자 회오리치
는 눈길이 있다라고 하자 회오리치는 회한이 있다라
고 하자 후회하지 않는 물결이 있다라고 하자 돌아
오지 않으면서 돌아오는 기억이 있다라고 하자

그렇지 않다 그렇지 않다

말하지 않는 당신이 있다라고 하자 닿을 수 없음
으로 닿는 물결이 있다라고 하자 속삭임을 불러내는
속삭임이 있다라고 하자 물결의 표면에서 미래의 색
깔을 읽는 당신이 있다라고 하자 물결의 무늬를 소
리로만 인식하는 당신이 있다라고 하자

하나의 호흡 속에 있는 네 개의 동공

하늘이 펼쳐지는 방식으로 자라나는 바다가 있다
라고 하자 보이지 않는 소리를 따라가는 내가 있다
라고 하자 침묵이라는 말이 침묵 그 자체를 가리키
는 것은 아니라고 하자 동공 속의 동공 같은 마음이
흔들린다라고 하자 호흡 쪽으로 다가가는 손길이 있
다라고 하자 유연하고도 연약한 지느러미가 있다라
고 하자 끝없이 차오르는 물방울이 있다라고 하자
거대함이라는 말 대신 하나의 호흡 속에 잠겨 있는
불길을 만진다라고 하자 멀리 있어 아름다운 빛을
바라본다라고 하자

이제는 말하지 않는 높이
이제는 말하지 않는 깊이

머나먼 소실점의 거리에서 우리의 깊은 숨이 서로
를 불러내고 있다라고 하자 다가가는 만큼 멀어지는

물결이 있다라고 하자 멀어진 만큼 멸절된 시간이
있다라고 하자 멸절된 시간만큼 돌이킬 수 없는 간
절함이 있다라고 하자

그렇다 그렇다
그렇지 않다 그렇지 않다

무엇과 왜와 어떻게라는 말 대신 그저 그렇게 되
었다라고 하자 그저 그렇게 지금 여기에 놓여 있다
라고 하자 다만 호흡하고 있다라고 하자 다만 있다
라고 하자 다만 멀리서 가깝게 있다라고 하자 물결
을 따라 흐르는 소용돌이를 본다라고 하자 소용돌
이치며 사라지는 문장이 있다라고 하자 전해지지 않
는 말을 들었다라고 하자 끝없이 이어지는 호흡이
있다라고 하자 또 다른 호흡이 또 다른 호흡 속으로
뛰어들고 있다라고 하자 순간의 폭발이 있다라고 하
자 다만 소리가 있다라고 하자 다만 호흡이 있다라
고 하자

그렇다 그렇다
그렇지 않다 그렇지 않다

하나의 순간에 하나의 무늬를 새겨 넣는 아름다
움이 있다라고 하자 보이지 않는 누군가를 보고 있
다라고 하자 들리지 않는 목소리를 듣는다라고 하자
그렇다 그렇지 않다 그렇지 않다 그렇다 당신의 뼈
로 만든 악기가 울고 있다라고 하자 이름 모를 노래
가 흘러나온다라고 하자 두려움이라는 말을 삭제한
다라고 하자 사라지는 물결을 타오르는 불꽃이라는
말로 대신한다라고 하자 삭제된 문장 위로 삭제된
또 다른 문장이 내려앉는다라고 하자 최초의 물결을
최초의 지느러미라고 하자

그렇다 그렇지 않다
그렇지 않다 그렇다

깊이에 대한 검은색을 두렵지 않은 남빛이라고 하
자 남빛의 날빛의 문장을 당신의 손에 쥐여 주고 있
다라고 하자 바람을 발음하는 발원이 있다라고 하자
마음이 아프다라고 하자 마음이 아프지 않다라고
하자 가슴이 뛴다라고 하자 가슴이 뛰지 않는다라
고 하자 끝없이 물결치는 원형이 있다라고 하자 끝
없이 계속되는 숨소리가 있다라고 하자 소용돌이치
며 다가가지 못하는 마음이 있다라고 하자 다시 보
이지 않는 당신을 본다라고 하자

나선의 감각
―빛이 이동한다

그때 나는 말 없는 작은 짐승이 되고 싶었다. 나는 나의 두께를 들키고 싶지 않았다. 종이와 연필만이 유일한 위안이었다. 너는 얼굴 주름 사이로 몇 개의 시간을 감추고 있었다. 어두운 한낮. 너는 불을 켜지 않는다. 드러날 때까지 기다립시다. 무엇이. 그 무엇이. 그 자신의 모습을. 그 자신의 그림자를. 그 자신의 침묵의 말을. 드리울 때까지. 거느릴 때까지.

빛이 이동한다. 다시 페이지가 넘어간다. 나의 가방엔 생각보다 더 많은 종이가 있었다. 종이 곁에는 연필이. 연필 곁에는 어둠이. 흑심은 무심히 반짝거리며 내 심장을 겨누고 있었다.

빛이 이동한다. 책장 넘어가는 소리. 다시 한 페이지가 넘어간다. 우리의 두께를 드러내도록 합시다. 상상할 수 있는 모든 것을 상상하도록 합시다. 상상할 수 없는 모든 것을 상상하도록 합시다. 너무 넓은 방은 필요치 않습니다. 여백은 채워져서는 안 될 것으로만 채워져야 합니다.

빛이 이동한다. 고양이의 울음소리. 새들은 요란한 지저귐으로 자신의 재난을 알린다. 누군가는 지속적인 낮잠으로 자신의 재난을 알린다. 빛이 이동한다. 단락과 단락 사이에서 노래가 들려온다. 두꺼워질 대로 두꺼워집시다. 날아갑시다. 두께 속의 공기를 느낍시다. 우리는 스스로에게 불행을 요구받고 있습니다. 우리는 어둡고 텅 빈 방에 스스로를 유폐한 사람들이지요.

빛이 이동한다. 너의 이마 위로 어떤 문장들이 흘러간다. 찰랑인다. 출렁인다. 넘실거린다. 우리는 한마디 말도 나누지 않는다. 이제 밥을 먹읍시다. 잠들 시간입니다. 오늘은 내일보다 더 추울 겁니다. 닫아둔 덧문 사이로 매서운 바람이 불어 들고 있었다. 나뭇잎과 나뭇잎이 서로의 몸을 비비고 있었다. 나의 그림자가 너의 그림자 쪽으로 기울어진다. 빛이 이동한다.

수요일의 속도

한 남자는 달리고 한 여자는 춤춘다. 달리고 춤추고 웃을 때 거리는 끝이 없고 나무는 자란다. 나무가 자랄 때 빛이 있고 그늘이 있고 피로가 있고 입김이 있고 구름이 있고 노을이 있고 기억이 있어 순간의 망각이 풀잎 위에 그림자를 만들고 순간의 불꽃이 노란 고무공을 튕긴다.

목요일에는 검은 것을 보았고 화요일에는 푸른 것을 보았다. 검은 것과 푸른 것 사이에서 멀어지는 사람아. 너의 안색은 어둡고 한낮의 색에서 얼마간 비켜나 있다. 너는 회색의 옷을 입고 있다. 너는 불투명한 감정을 가지고 있다. 너는 묻어버리고 싶은 것이 있다. 너는 숨기고 싶은 병이 있다. 너는 위안할 것이 없어 시들어버린 꽃을 본다.

어제와 함께 홀로 있는 아이야. 그리움이 없어 그리움을 만드는 입술아. 너는 죽은 사람을 만들고 죽은 표정을 만들고 죽은 말을 만든다. 너는 죽은 거리

위를 달리며 죽은 감정을 되풀이한다. 언젠가 잡았던 두 손. 언젠가 나누었던 온기. 속도를 견디는 너의 두 손은 식어간다. 탁자 위에는 설탕이 흩어져 있다.

두 눈을 감아도 햇빛은 가득하다. 너는 순도 낮은 네 잠을 감시하며 꿈속의 거리가 펼쳐지기를 기다린다. 한낮의 반대편은 자정이다. 자정과 정오가 바뀌듯 너의 몸은 조금씩 사라진다. 우리는 저마다의 겹을 가지고 있었을 뿐이다. 우리는 저마다의 거리를 간직하고 있었을 뿐이다. 풀밭 위로 검은 그림자가 흘러간다. 어떤 시간이 어떤 얼굴을 데려온다. 다시 수요일이 온다.

달과 돌

비 오는 밤바다에 간다. 밤. 바다. 비. 너는 발아래 돌 하나를 주워 물 위로 던진다. 얼마나 깊은지 보려고. 돌은 오래오래 긴긴 소리를 내며 천천히 천천히 가라앉는다.

돌아보는 사이 다시 떠오르는 돌

너는 쓴다. 손가락에 물을 묻혀 쓴다. 몇 줄의 문장을. 몇 줄의 진실을. 몇 줄의 거짓을. 거짓 속의 진실을. 진실 속의 환각을. 환각 속의 망각을. 망각 속의 과거를. 과거 속의 현재를. 현재 속의 미래를. 미래 속의 우연을. 우연 속의 필연을. 필연 속의 환멸을. 환멸 속의 울음을. 울음 속의 음울을. 음울 속의 구름을. 구름 속의 얼굴을. 얼굴 속의 어둠을. 어둠 속의 문장을. 다시 몇 줄의 문장을. 다시 몇 줄의 희미한 문장을.

돌아보는 사이 다시 가라앉는 돌

돌과 돌은 멀다. 달과 달은 멀다. 물과 물은 멀다. 말과 말은 멀다. 말과 물은 멀다. 물과 돌은 멀다. 돌과 달은 멀다. 달과 말은 멀다. 달과 달이라는 말은 멀다. 돌과 돌이라는 말은 멀다. 물과 물이라는 말은 멀다. 말과 말이라는 말은 멀다.

멀어지는 사이 다시 떠오르는 말
달아나는 사이 다시 사라지는 달

휘발되는 얼굴 위로 희디흰 가루가 날린다
날리고 흩어지던 어느 날의 고운 뼛가루처럼

곳곳에서 동시에 미끄러지는
보이는 보이지 않는

달 아래 흐르는 돌
물 아래 번지는 달

구름과 개

이제는 없는 개
사라지고 없는 개

어느 날 개는 하품을 하였다
하품 너머로 구름이 흐르고 있었다

말 대신 하품으로
하품 대신 구름으로

구름은 점점이 흩어지고 있었다
오래전 무언가를 닮아가고 있었다

모든 것이 이미 늦었다고 생각했다
들려줄 말이 떠올랐지만 돌려줄 곳이 없었다
돌이킬 수 없는 얼굴로 벽을 마주 보고 섰다

나는 내 개다
내 개는 나의 거울이다

나는 웃었다
언젠가 웃었던 개

나는 울었다
언젠가 울었던 개

나는 나로 남겨졌구나
개는 개로 완성되었구나

시간이 흐르자 벽이 열리기 시작했다
뒤늦은 인사가 구름으로 흘러가는구나

내 개는 내 입으로 말을 했다
나는 나 자신으로 한 겹 물러났다

이제 개는 없고 나는 다시 하품을 하였다
한낮의 허공 속에 둥실 떠서 구름이 되었다

차와 공

차를 마신다. 공은 흐른다. 지평선은 멀어진다. 한 문장을 덧붙인다. 차를 마신다. 공은 흐른다. 지연 가능한 것들을 지연시킨다. 공은 예측할 수 없는 방향성을 가진다. 한 문장을 삭제한다. 바람은 손을 떠난다. 손을 떠난 바람은 흩어진다. 흩어진 바람은 흩어진 모래를 가리킨다. 바닥은 직선과 흡사한 질감을 지닌다. 차를 마신다. 손은 따뜻해진다. 바람이 떠난 자리는 따뜻하다. 언젠가의 허기를 떠올리게 하는 날씨. 차를 마신다. 공은 흐른다. 우연히 태어난 색깔처럼 백지 위로 공이 이동한다. 멈추기 직전까지 흐르는 공. 멈추고서도 흐르는 공. 차로를 침범하며 흐르는 공. 백지를 채우며 흐르는 공. 구체적인 풍경을 가지지 않는 공. 흐르는 순간 이미지가 발생하는 공. 거리는 어두워진다. 도로는 줄어든다. 거리는 늘어난다. 잿빛의 정물화 속에서 자신의 미래를 예견하는 사람. 부러진 의자 다리에서 오래전 상처를 떠올리는 사람. 비어 있는 물컵에서 내일의 불운을 읽는 사람. 공은 흐른다. 순간의 이미지 위로 공은 흐른다. 마치 처음처럼 공은 다시 흐른다. 차를 마신다. 내 앞에 놓인 한 잔의 차. 점점 줄어들고 있는 한 잔의 차. 점점 줄어들어 마침내 비어 있는 한 잔의 차. 기포와 기포로 흘러내리는 마음. 기억과 기억으로 뒤덮이는 하루. 공은 흐른다. 공은 임의의 방향으로 흐른다. 흩어지는 마음을 다잡는다. 한 문장을 삭제한다. 다시 한 문장을 삭제한다. 공은 흐른다. 다시 공은 흐른다.

사과와 감

감이 먼 목소리로 너는 말한다. 이것이 내 사과다. 사과는 어둡구나. 사과는 부드럽구나. 부드러움과 미래는 가깝구나. 사과를 받은 내 마음은 고요하다. 사물들은 끝없이 멀어지고 있었다. 가까워지고 있는 것처럼 멀어지고 있었다. 사과 이전에도 사과 이후에도. 한없이. 가없이. 동시에. 일시에. 긴힐직으로. 산발적으로. 한 마음에서 한 마음으로 건너갈 때. 한 마을에서 한 마을로 건너가듯이. 영영 뒤돌아섰지만 다시 뒤돌아서게 될 겁니다. 어쩌면 다시 제대로 만나게 될 겁니다. 사과는 감이 멀었지만 우리는 감으로 다 알아들었다. 가장 순한 순간에도 가장 악한 악한이 될 수 있다. 아무도 누구도 너를 비난할 수 없다 오직 너 자신 외에는. 맺힌 것이 있었던 것처럼 너는 울었다. 매끄러운 곡선 위를 흐르는 하나의 물방울처럼. 울면 풀리는구나. 풀리면 가까워지는구나. 탁자 위에는 작고 둥근 것이 놓여 있었다. 흐릿하고 환하고 맑고 희었다. 마치 처음 보는 것처럼. 이제 막 다시 태어난 것처럼. 사과 이후에 문득 가까워진 감이 있었다.

너울과 노을

눈물 다음에 너울이 온다 너울 다음에 하늘이 있고

하늘 너머로 얼굴이 있다 얼굴 사이로 바람이 오고

바람 속에는 마음이 있어 마음 위로는 노래가 오고

노래 사이로 호흡이 있고 호흡 속에는 죽음이 있다

죽음 너머로 구름이 있고 구름 너머로 저녁이 오고

저녁 너머로 안개가 있고 안개 너머로 들판이 있고

들판 너머로 먼지가 일고 먼지 너머로 거리가 있다

거리 속에는 정적이 있고 정적 사이로 언덕이 있고

언덕 위로는 나무가 있어 나무 다음에 눈물이 오고

눈물 다음에 너울이 있어 너울 너머로 노을이 진다

나선의 감각
— 목소리의 여행

이것은 흐릿한 목소리다. 입구도 출구도 없는 공간 속에서 솟아오르는. 더없이 날렵한 선분들. 회오리치는 빛의 뿔. 뒤섞이며 자리를 바꾸는 문장들. 등장인물은 여럿이다. 장면은 파열한다. 거울은 어둡다. 먼지는 흩날린다. 그림자는 무모하다. 천은 부드럽다. 하늘은 흔들린다. 나무는 아름답다. 의자는 낡아간다. 의지는 단호하다. 거리는 길어진다. 상상은 끝이 없다. 시간은 저항한다. 구름은 증발한다. 기억은 모호하다. 손가락은 명료하다. 열매는 익어간다. 말은 줄어든다. 나는 이동한다. 너는 사라진다. 이것은 회전하고 이것은 끝없이 모양을 바꾼다. 공간은 확장된다. 속도는 증가한다. 너는 낡고 큰 가방 하나를 들고 집을 나선다. 나서는 순간부터 네 자신의 죽음과 동행한다. 어둠은 짙어진다. 목소리는 가까워진다. 너는 전진한다. 너는 비약한다. 너는 비상한다. 너는 휘돌아나간다. 몇 겹의 눈동자. 몇 겹의 동심원. 몇 겹의 그림자. 몇 겹의 목소리. 무수한 겹과 겹을 통과하여. 시간과 거울과 얼음과 물음을 두 손에 쥐고. 날아갈 수 있는 한 높이높이. 나뭇가지들이 자라나듯이. 넝쿨들이 서로의 손을 맞잡듯이. 끊이지 않는 노래들처럼. 뒤돌아보지 않는 마음으로. 되돌아오지 않는 얼굴이 되어. 순간을 잊는 방식으로 순간을 살아가듯. 더없이 검은 말을 따라. 한없이 희미한 걸음으로. 방향 없는 방향을 향해. 기억을 버리듯 기억을 되살리며. 위로 위로 마음의 위로. 휘날리는 깃발처럼. 흔들리는 눈길처럼. 달려나가는 속도를 넘어. 사라지듯이 다만 사라지듯이. 목소리는 떠돈다. 모래는 흩어진다. 바람은 요원하다. 물은 차오른다. 창문은 열린다. 심장은 뛴다. 담은 허물어진다. 골목은 발견된다. 낱말은 교환된다. 일요일은 반복된다. 사물은 암시한다. 회상은 이어진다. 울음은 진동한다. 이미지는 증식한다. 회전하면서. 멀어지면서. 너는 이동한다. 나는 사라진다.

너의 이마 위로 흐르는 빛이

너의 이마 위로 흐르는 빛이 나의 이마 위로 흐르고 흘러 해는 지고 새는 가고 바람은 불고 구름은 떠돌아 언덕 위로 기우는 빛이 다시 너의 이마 위로 흐르고 흘러

언덕을 지우고 구름을 지우고 얼굴을 지우고 얼룩을 지우고 물결을 지우고 눈물을 지우고 해를 지우고 새를 지우고 바람을 지우고 기억을 지우고 다시 나의 이마 위로 흐르고 흘러

왔던 길을 돌아가듯 빛은 사방으로 흩어지고 나의 이마 위로 흐르는 빛이 다시 너의 이마 위를 희미하게 물들이고

빛으로 바람으로 구름으로 나무로 번져나가는

언덕 위의 두 사람

가지 사이

너는 타오르는 잎을 보고 있었고 나는 너의 눈을
보고 있었다. 잎이 흔들린다. 네가 서 있는 하얀 벽
에서 물이 흘러내린다. 천천히. 위로 위로. 자라나듯
이. 아래로 아래로. 흘러내린다.

백색의 슬픔을 기록하는 사람을 보았다
가지와 가지 사이에서

맞닿은 두 팔의 그림자. 넘치거나 모자라는 온기.
이웃의 창문을 탐하는 심정으로 너의 그늘을 쓰다
듬는다. 벽은 번지고 이마는 물든다. 눈빛은 붉어지
고 말이 쏟아지려는 찰나,

하늘이 깊어진다는 말
녹색과 녹색 사이에서

연약함이 자란다

그을음 위로 그 울음이

검은 지붕 위에 금빛 사람

거리는 거리로 이어지고

기억은 기억의 빛으로

나무는 나무로 흔들렸기에

바닥을 바닥처럼 칠해버렸다

영혼 없이 날아가는 불길들

담장에 어리는 어두운 장면들

태양에서 숲까지는 멀지 않아

귀신과 현재 사이에는 고통이 있다

불길 뒤에 오는 것들

불길 뒤에 남는 것들

그을음 위로 그 울음이 번질 때

그 울음 위로 그 울림이 겹칠 때

몸속 저 깊은 곳에서부터 차오르는 물

그 모든 가장자리를 향해 나아가는 물

구름을 따라 흐르는 것들이 있었다

새들은 어제보다 낮게 낮게 날았다

너는 가방 속으로 천천히 손을 넣었다

두루미자리에서 마차부자리까지

　두루미자리에서 마차부자리까지 나침반자리에서
외뿔소자리까지 밝은 별이 있고 어두운 별이 있다
가까운 별이 있고 먼 별이 있다 삼각형자리에서 조
각실자리까지 남쪽물고기자리에서 북쪽왕관자리까
지 밤하늘의 대곡선 위로 너와 나의 이름이 점점이
박혀 있다 울지 말라고 말하며 울게 만드는 사람 철
들지 않는 마음으로 건너뛴 사철나무들 살면서 죽어
간다고 말하는 대신 죽어가면서 산다고 말하는 일
의 아득함에 대해 육분의자리에서 팔분의자리까지
오리온자리에서 인디언자리까지 너와 나 사이에는
몇 개의 계절이 놓여 있다 어제의 쪽지를 외투 주머
니에 넣고 걷는다 베가 알타이르 데네브 여름의 대
삼각형에서 프로키온 시리우스 베텔게우스 겨울의
대삼각형까지 별이란 무엇인가 별은 어디에서 어디
로 이동하는가 별과 별이 만날 때 너와 나의 말은 어
디에서 어디로 흘러가는가 거문고자리에서 극락조
자리까지 기린자리에서 그물자리까지 독수리자리에
서 뱀주인자리까지 비둘기자리에서 돌고래자리까지

기적의 모나카

내가 바라볼 때면 너는 어김없이 작아진다. 아프리카의 해는 아프리카의 하늘 아래. 괄호의 심장은 괄태충의 어둠 속에 있다. 종이꽃을 뿌리자. 종이꽃을 뿌리자. 이제 너는 금발의 초원이 된다. 개미굴을 여행하던 날들은 어제 속으로. 어둠을 묻던 날들은 기억 속으로. 숲은 자란다. 숲은 자란다. 공원의 아이들이 듣는 것은 안테나 집시송. 올리브 나무 사이로 보는 것은 글로리아의 아침. 기적은 어디서부터 오는 걸까 기적은. 바닥에서 시작해서 바닥으로 끝나는 꿈. 단어에서 시작해서 단어로 끝나는 꿈. 모나카는 모나카의 사각으로. 기적은 기적의 심장으로. 펄럭인다. 펄럭인다. 고통의 날개. 고통의 깃발. 너의 눈동자를 두 번 건너뛴다. 헝겊 인형의 심장을 두 번 두드린다. 북소리가 좋아 북소리를 듣는다. 언제나처럼 구겨진 채로 떠내려갔다 떠내려온다. 복숭아 같은 다정함이 우리를 부른다.

음지와 양지의 판다

이해할 수 없는 것은 이해하지 않기로 한다.

그 밤 허리가 부러져 누워 있을 때, 어둠은 최초의
어둠으로 다가왔고, 최초의 어둠 뒤에는 최초의 빛이.
그리고 저 천장 귀퉁이에선 나의 작고 어린 판다가.

천천히 모서리를 타고 내려오면서,
어이, 잠들지 않으면 죽는다.
이제 그만 받아들여. 이 시간을, 이 공간을.

판다는 태어나기 전에도 판다였다는 듯이
흑백의 색을 단단히 뒤집어쓴 채
단순하고도 명료한 삶을 설파하는 사람처럼

나는 누워서
움직일 수 없어 움직이지 못하는 채로
판다여, 판다여, 하며
체념하듯 판다를 판다라고 불러보는 것인데

시간은 흐르고 가망은 없고

소망 뒤에는 불행이 온다는 것을 확신하는 동안

구원이 필요한 순간에 가장 부족한 것은 구원이라
고 생각하는 동안

이국의 밤은 찾아오고 허락하지 않은 눈은 하염없
이 내리고

이후의 아침은 까마득히 더디기만 하고

잠들지 않으면 죽는다기에,

잠들었다 깨었다, 깨었다 잠들었다,

병상의 이불 위로 흰 빛은 들어왔다 나가길 반복
하고, 나는 음지가 되었다가 양지가 되었다가,

이러다가 사람들은 천장 모서리를 따라 흐르는 음
지와 양지의 판다를 발견하는구나. 이러다가 사람들
은 음지와 양지의 두 눈을 발명하는구나. 따뜻한 입
말을 불러내듯 제 뼈마디의 구멍을 들여다보게 되는

구나.

어느새 내 어린 판다는
자신의 삶을 수긍하는 사람의 선한 눈길을 빼닮고
봄날 동물원의 한가로움을 가장한 채로 눈부시고

검고 흰 빛을 바라보며 무수한 밤을 지나올 때
이해할 수 없는 것은 이해할 수 없는 것으로
할 수 없는 일은 할 수 없는 일로 남겨두기로

머나먼 봄의 초원에서 누군가 무언가 한가로이 풀
을 뜯을 때, 다시 하루는 음지에서 양지로, 양지에
서 음지로 이름을 바꾸고,

개미의 심장

개미의 심장이 버섯 위에 놓여 있다
버섯은 백색 송로버섯이다

정오의 태양
나는 배가 고프다

배고픔의 미래
배고픔의 밀실

배고픔이 개미를 떠밀고
나를 송로버섯 쪽으로 끌어당긴다

나는 끌리고 나는 밀린다
밀리고 끌리다가 허리가 부러진 사람

송로버섯 곁에는 개미의 심장이
개미의 심장 곁에는 어제의 황혼이

부러진 뼈의 단면엔 검은 구멍이 있다
구멍은 빛나고 창은 열린다

열린 창 너머론 기약 없는 계절들
계절들 너머론 확신할 수 없는 이름들

다리가 있어도 갈 수 없는 밤
나는 누워 있고 개미는 멀어진다

밤의 창에 어리는 얼굴들 몇 개
하나 둘 셋 넷 하나 둘 셋 넷

송로버섯 뒤에는 무한한 송로버섯
무한한 송로버섯 뒤에는 희고 희미한

심장 없이 희망 없이 멀어지는 밤
가만히 누운 채로 미끄러지는 밤

양치식물의 얼굴로 봄이 오고 있었다
간신히 흐릿하게 개미의 심장 곁으로

분실된 기록

첫 문장을 기다리고 있었다.
슬픔을 드러낼 수 있는. 슬픔을 어루만질 수 있는.
고통의 고통 중의 잠든 눈꺼풀 속에서.

꿈속에서 나는 한 권의 책을 손에 쥐고 있었다.

펼치자마자 접히는 책
접힌 부분이 전체의 전체의 전체인 책

너는 붉었던 시절이 있었다
너는 검었던 시절이 있었다
검었던 시절 다음엔 희고 불투명한 시절이
희고 불투명한 시절 다음에는 거칠고 각진 시절이

우리는 이미 지나왔던 길을 나란히 걸었고. 열린
눈꺼풀 틈으로 오래전 보았던 한 세계를 바라보았다.

고양이와 나무와 하늘 속의 고양이

나무와 하늘과 고양이 속의 하늘과

산책하기 좋은 날씨였다. 잎들은 눈부시게 흔들리
고 아무것도 아닌 채로 희미하게 매달려 있었다. 아
름다움이란 이런 것인가. 나는 지금 순간의 안쪽에
있는 것인가.

아니요. 당신은 지금 슬픔의 안쪽에 있어요.
슬픔의 안에. 슬픔의 안의 안에.
마치 거품처럼.

우리는 미끄러졌고 이전보다 조금 유연해졌다.

언젠가 내가 썼던 기억나지 않는 책
언젠가 내가 읽었던 기적과도 같은 책

지금은 그저 이 고통의 고통에 대해서만 생각하도
록 하자. 우주의 밖으로 나갔다고 믿는 자들이 실은

우주 속을 헤매는 미아일 뿐이듯이. 우주의 밖은 여전히 우주일 뿐이니까. 슬픔 안의 슬픔이 슬픔 안의 슬픔일 뿐이듯이.

쓴 것을 후회한다. 후회하는 것을 지운다.
지운 것을 후회한다. 후회하는 것을 다시 쓴다.

백지와 백치의 해후
후회와 해후의 악무한

텅 비어 있는 페이지의 첫 줄을 쓰다듬는다.
슬픔에는 가장자리가 없고 우리에게는 할 말이 없었다.

펼쳐서 읽어라
펼쳐서 다시 써라

분열된 두 개의 손으로 쓰인 책. 너는 어둠 속에서

다시 나타난다. 극적인 빛을 끌고 나타났다 이내 어둠 속으로 사라진다. 밤은 길어진다. 손은 어두워진다. 너는 다시 한 발 더 어둠 속으로 나아간다.

　　무수한 괄호들 속의 무수한 목소리들
　　말과 침묵 사이에 스스로를 유폐한 사람들

　　이름 없는 이름들을 다시 부르면서
　　다시 돌아온 검은 시절을 바라보면서

　　그것은 고통의 고통 중의 잠든 눈꺼풀 속으로 사라져버렸다.

　　흙으로 다시 돌아가듯이
　　죽음은 죽음이 아니라는 듯이

수풀로 이파리로

어젯밤에는 사시가 되는 꿈을 꾸었다
너를 보는 내 눈동자가 자꾸만 도망갔다

한 시간에서 한 시간으로 한 기억에서 한 기억으로

너는 길 끝에 서 있었다
영원히 도착할 수 없으리라는 암시는
내 눈동자가 너를 지나치기 전의 일이었다

이파리는 건너뛴다
수풀은 끊이지 않는다

환각을 따라 망각하듯이
망각을 하듯 환각을 따라
꿈인 것을 아는 꿈속 꿈처럼

미안하구나 내 눈동자가 옳았다
나는 너를 이미 오래전에 잃어버렸어

네 곁을 비껴 서던 무수한 이파리들

이파리는 다시 건너뛴다
행운에서 불운으로 건너뛰듯이

수풀로 이파리로 수풀로 이파리로

이 수풀을 건너가면 나는 너를 말할 수 있으리라
오래전 보았던 그것이 바로 내 미래임을 알아차리듯

너는 휘파람을 불듯 내 이름을 부른다
나는 너의 목구멍 속에서 솟아오른다

허튼 눈동자가 가리키는 방향을 따라
사랑하는 법을 알지 못해 미워하듯이
자신의 가장 밑바닥에 도착하는 방식으로

수풀로 이파리로 수풀로 이파리로

거실의 모든 것

거실에는 책상이 있다. 거실에는 의자가 있다. 거
실에는 책이 있고. 꽃이 있고. 거울이 있고. 종이가
있고. 유리가 있고. 서랍이 있고. 약속이 있고. 한
숨이 있다. 한편에는 식탁이. 한편에는 냉장고가. 냉
장고 안에는 사과가. 사과 안에는 과육이. 과육 안
에는 씨앗이. 씨앗 안에는 어둠이. 어둠 안에는 기억
이. 기억 안에는 숨결이. 숨결 안에는 눈물이. 눈물
안에는 너의 말이. 너의 말 안에는 나의 말이. 나의
말 안에는 지나간 흔적이 있다. 우리의 감정이라 부
르던 어떤 것. 우리의 취향이라 부르던 모든 것. 일
일이 나열하지 않아도 되었던 모든 것. 일일이 말하
지 않아도 되었던 어떤 것. 거실에는 어떤 모든 것이
있다. 어떤 모든 것 안의 어떤 모든 것. 모든 어떤 것
안의 모든 어떤 것. 기울어진 모서리. 희미한 벽지.
벽지에 닿는 손가락이. 손가락을 따라가는 눈길이.
이제는 없는 너의 눈길이. 되돌릴 수 없는 어떤 얼룩
이. 하나에서 다른 하나로 번지는 모든 얼룩이. 거실
에는 모든 어떤 것이 있다. 있다. 있다. 있다. 모든 어

떤 것 안의 어떤 모든 것. 어떤 모든 것 안의 모든 어떤 것. 우리를 다른 우리로부터 구별되게 하던 모든 어떤 것. 우리를 다른 우리로 번지게 하던 어떤 모든 것. 거실에는 문이 있다. 거실에는 창이 있다. 거실에는 모자가 있고. 연필이 있고. 온기가 있고. 선반이 있고. 후회가 있고. 흔들림이 있고. 망설임이 있고. 독백이 있고. 양초가 있고. 구름이 있고. 한낮이 있고. 한탄이 있고. 나무가 있고. 풀이 있고. 물이 있고. 불이 있고. 웃음이 있고. 울음이 있고. 음악이 있고. 침묵이 있고. 그림자가 있고. 고양이가 있고. 개가 있고. 새가 있고. 내가 있고. 네가 있고. 이제는 없는 네가 있고. 이제는 없는 오늘의 네가 있고. 거실에는 어떤 모든 것이 있다. 있다. 있다. 있다. 모든 것 안의 어떤 것. 모든 것 안의 모든 것. 어떤 것 안의 어떤 것. 어떤 것 안의 모든 것. 거실에는 어떤 것이 있다. 있다. 있다. 있다. 거실에는 모든 것이 있다. 있다. 있다. 있다.

검은 개

검은 개는 검은 개
검은 개는 검은 개

검은 개가 있다. 검은 개가 검게 있다. 검은 개는
검은 얼굴로. 검은 개는 검은 입김을 내뿜는다. 검은
개는 검은 구멍. 검은 개는 검은 얼룩. 김은 개가 달
릴 때 검은 개는 흔들리고. 검은 개가 건너뛸 때 검
은 개는 사라진다. 검은 구멍 너머로 얼굴 하나가 보
이고. 건너뛴 자리에는 지나간 것들이 있다.

지나간 것들은 지나친 것
지나친 것들은 되돌릴 수 없는 것

검은 개는 검은 개
검은 개는 검은 개

검은 개가 있다. 검은 개가 검게 있다. 검은 개는
검은 얼굴로. 검은 개는 건너뛰고. 검은 개는 드러눕

고. 검은 개는 주저앉고. 검은 개는 다가오고. 검은 개는 울고. 검은 개는 물고. 검은 개는 검은 구멍. 검은 개는 검은 얼룩. 검은 개가 있다. 검은 개가 검게 있다. 건너뛴 자리로 다시 차오르는 것들이 있다.

삶은 달걀 곁에

계란보다는 달걀이
계란보다는 달걀이

맛도 색도
크기도 질감도
심지어 기분까지도

그러니까 아침보다는 저녁이
저녁보다는 말이 없는 달걀이

저 너머 어딘가를 대변하는 얼굴로
부드러운 타원형의 얼굴로 줄줄이 줄줄이

달걀이라 부르면 안심되는 마음이 있었다
너를 향한 내 오랜 마음이 있었다

아침보다는 따뜻한 저녁이
저녁보다는 그리운 달걀이

묻고 깨었고 잠들었고
삶았고 깨었고 먹었고

좋은 것들 쪽으로 머리를 돌려 인사하고
다시 너를 향해 한 발 나아가면

삶은 달걀 곁에
삶은 달걀 곁에

계피의 맛

유통기한이 지난 우유를 마시며 너를 생각한다
몇 마리의 개가 거리 끝에서 거리 끝으로 달려간다
아네모네라는 말이 좋아 아네모네 꽃이 좋았다
손목시계는 손목에서 천천히 낡아가고 있었다
오늘은 수요일이고 화요일은 아직 오지 않았다
하지 않아도 됐던 말은 하지 않았어야 했다
동트는 새벽의 닭 울음 같은 것이 듣고 싶었다
어디 아픈 데는 없니 하면서 우는 희고 큰 닭
이제 죽고 싶지는 않니 하면서 우는 희고 큰 닭
꿈속에 두고 온 네 얼굴이 기억나지 않았다
다시 꿈속으로 가려면 나는 조금 늙어야만 한다
얼마간의 잠이 필요하고 얼마간의 망각이 필요하다
지난밤 너의 얼굴은 기억나지 않는 계피의 맛
너를 보려고 눈을 감으면 다시 한 번 계피의 맛
몇 개의 창문이 열리고 몇 개의 꽃이 떨어진다
지구의 반대편에서 죽어가는 몇 개의 손과 발
수요일은 희미해지고 기억은 더욱더 견고해진다
오늘의 기억은 내일 또다시 정교하게 수정된다

화요일은 지나간 토요일과 수요일 사이에 있다
잠에서 깼을 때 내 두 손은 꼭 쥐여 있었다
두 손 가득 계피와 계피를 쥐고 있는 것처럼
고양이는 나무 위로 올라가 내려오지 않았다
골목의 그림자가 길어졌다 짧아졌다 길어졌다
오래전 얼룩 하나가 천천히 지워지고 있었다

착한 개는 돌아본다

맑은 샘의 표면으로부터 솟아나는
숲으로부터 멀리 떠나온

꿈속
아니
영속

너는
맨발로
목소리도 없이
번지는 숲 그림자로

다투어 피어나고
모르는 사이 사라진다

아슴푸레 멀어져가는
어른거리는 빛

너의 곁에는
착한 개가 한 마리 있어
착한 개야 하고 부르면
착한 개는 돌아본다

가장 가까이에서 솟아오르는
어쩌면 내 가슴속에서 들려오는

이번 생은 흐릿하구나
그것은 잡을 수 없는 것이구나
너의 표정을 읽었을 땐
이미 꿈속에서 건너온 뒤였고

부드러운 나무 냄새라고
착하고 맑은 눈길이라고

차디찬 샘물에 얼굴을 묻고
너는 꿈속의 숲 속으로 걸어갔다

잔디는 유일해진다

너의 손목에는
리본이 길게 이어져 있다

흩날린다 흩날린다
손목에서 리본이
리본이 리본이 푸른 리본이

얇고 가늘게 하늘거리는 기분
흩날리고 흩날리면 쓸쓸해지겠지

리본의 기분
그것은 유일한 기분
말할 수 없이 좋고 슬픈 기분

고향에서는 잔디를 잔듸라고 썼다
유일한 잔듸의 유일한 기분
그것은 들판에 홀로 서 있는 기분

푸른 푸른 푸른 들판 들판 들판에
잔듸 잔듸 잔듸의 기분 기분 기분아

잔디는 자란다
저마다의 속도로 각자 유일하게
그림자인 척하면서 하나하나 고유하게

어렴풋이 무리 지어 드넓게 번지는 것은
잔듸의 마음이 너그럽고 강하기 때문에

눈물 나게 하는 것에 대해 말하고 싶다
네가 말하는 모든 것은 언제나 눈물 난다

나는 그것을 쓰려고 한다
나는 그것을 쓰고 싶다

푸룬 푸룬 푸룬 잔듸 잔듸 잔듸야
잔듸 잔듸 잔듸의 마음 마음 마음아

틀린 맞춤법이 언제나 슬프고 좋았다
그것은 바로 어머니 어머니 어머니

머리를 빗고 다시 생각해보자
바꿀 수 있는 것은 바꾸고
바꿀 수 없는 것은 사랑하여라

이중의 거울 위를 미끄러지듯 비추는
내 속에서 흘러나오는 오래된 그 목소리

흔들린다 흔들린다
흩날린다 흩날린다

손목에서는 푸른 리본이
들판에서는 푸른 잔디가

너를 찾고 싶은 시절 이후로

너를 잃어버린 오늘의 내가 있다고

잃어버린 것은 다시 찾을 수 있다
그럴 수 있다고 믿는다고 쓰면
그것은 다시 찾을 수 있다라고 쓴다

나는 그렇게 믿고 있다

잔디는 자란다고
리본은 흩날린다고

푸른 푸른 푸른 들판 들판 들판에
매일매일 조금씩 조금씩 유일해진다고

중국 새

중국 새를 보러 가자고 했다
중국이 아닌 곳에서 중국이 아닌 곳으로

작고 예쁜 부리
하얗고 노란 깃털
귀엽고 총명하고 인상이 좋다고 했다

중국 새는 어떤 새일까
중국 새도 두려움을 알까

초로롱 날아가다
포로롱 내려앉는 사이
발밑에 깊어진 그 어두움을 알까

중국 새는 중국 새
중국 새는 중국 새

일본 남자는 일본 맥주를 마시고 있었다

부드럽고 부드러워 절로 미안해지는

탁자 위의 동전은 멈추지 않고 돌고 있었다
너는 식기 전에 어서 먹으라고 했다

중국 새는 중국 새
중국 새는 중국 새

중국 새는 중국에서 오지 않았다고 했다
중국 새는 중국에 간 적이 없다고 했다

중국은 어떤 곳일까
중국엔 언제 가보게 될까
이곳도 저곳도 아닌 그곳은
이미 내가 지나왔던 곳은 아닐까

한숨처럼 골똘히 생각하는 사이

너는 손가락을 들어 이름 하나를 천천히 소리 내
었다
저기에 중국 새가 있다고 말했다

이 한낮에 이 모퉁이에
하나의 그림자가 번지고 있었다

초로롱 날아가다
포로롱 내려앉는 사이
내 발 아래에서 시간이 멈추고 있었다

내가 딛고 있는 두 발의 넓이 꼭 그만큼
이쪽에서 저쪽으로 무언가 날아오르고 있었다

보기 힘든 빛이구나
영원히 기억하고 싶은 색깔이구나

중국 새는 중국 새

중국 새는 중국 새

행운은 여전히 잡힐 것 같지 않았지만
중국 새는 중국 새 중국 새는 중국 새

고양이는 고양이를 따른다

소멸 직전의 거리를 걷고 있었다
계속 걷다 보면 아마도 그곳에 도착하겠지

한 걸음 앞의 한 걸음이 아름다운 곳
하나하나 풀잎을 엮어 가만가만 풀피리 불던 곳

책장을 넘기면
운명을 예견하는 문장만 튀어나왔다

나는 나의 아버지다
눈물 많은 사람은 눈물 많은 인생을 살게 된다

문장을 읽다가도 울고
사람을 보다가도 울고
타고난 심성이 순백인 사람

순백의 눈밭 위를 검은 열차가 달릴 때
세계의 끝에 다다라서야 알게 된 사실을

수첩에 적어놓고 자물쇠 달린 서랍에 넣어두었다

넘실거릴 때 넘실거릴 때
저 거리의 끝이 보이려고 할 때
죽음 이후를 보듯 꺼내 읽어야 할 문장을

오래전에도 이미 보았지
이후로도 내내 이 거리를 걷게 되리라는 걸

습관 없는 습관을 들이듯이
옷과 꽃을 바꾸고 머리와 미래를 바꾸고
미래와 노래를 바꾸고 노래와 모래를 바꾸고
모래와 이름을 바꾸고 이름과 구름을 바꾸고
구름과 꿈을 바꾸고 꿈과 몸을 바꾸고
몸과 고양이를 바꾸기로 한다

고양이가 고양이를 따르듯이
사람이 사람을 따르듯이

소멸 직전의 문장을 적고 있었다
편대라는 말은 날아가는 비행기를 떠오르게 한다
한 방울에 하나씩 두 방울 구름
사라진다 사라진다 희미해진다 희미해진다

이미 뒤늦은 계절이었다
언제나 언제고 뒤늦은 계절이었다
언제나 언제고 좋은 계절이었다

작고 검은 상자

나는 우리에게 하고 싶은 말이 있다
너는 우리에게 해야 할 말이 있다

우리는 우리에게 존중받았습니까
우리는 우리를 말한 적이 있습니까

부분적으로 말해서
그것은 그것을 대신하였습니다

아주 작고 아주 검은
아주 작고 아주 검은 상자 하나
상자 하나가 상자 하나로 놓여 있는 풍경

우리는 우리로 존재하지 않았다
나는 너로 너는 나로 존재하지 않았다

나는 이것을 이것으로 너에게 건넨다
너는 그것을 그것으로 나에게 건넨다

종이 위에서 나를 반성하듯이
종이 위에서 너를 반추하듯이

작고 검은 상자는 열 수도 닫을 수도 있다
열린 문 앞에서 닫힌 입처럼
작고 검은 상자는 무엇이든 담을 수 있다
무엇이든 담을 수 있는 가능성으로
아무것도 담겨 있지 않을 수도 있다

이를테면 한 마리의 코끼리 같은 것
종이 위에서 줄지어 번져가는 글자들처럼
잿빛의 코끼리의 잿빛의 주름 같은 것
꼬리에 꼬리를 물고 느릿느릿 걸어가는 코끼리
제 죽을 곳을 찾아 끝없이 끝없이 걸어가는 코끼리

우울도 함께했겠지
들판과 들판 위에서

코끼리와 코끼리 사이에서

사라지고 사라지는 마지막 순간까지
펼쳐지고 접힐 때마다
열리고 닫히는 순간마다

나는 우리에게 하지 못한 말이 있다
너는 우리에게 하지 않은 말이 있다

처음부터 있었던 것처럼
마지막까지 놓여 있을 것처럼
털어놓을 수도 있다는 듯이

우리의 식탁 위에
마치 마음처럼

그곳에서 그곳으로

후회하지 않기로 하면서 후회한다. 눈 어두워 보지 못했던 것을 보면서. 다시 보면서. 나무가 있고. 거리가 있고. 벤치가 있고. 공허가 있고. 어둠이 있고. 고요가 있고. 바람이 있고. 구름이 있고. 들판이 있고. 묘비가 있고. 꽃이 있고. 시가 있고. 눈물이 있고. 네가 있고.

너의 얼굴은 지워져간다
어둠의 어둠 속의 희미한 빛처럼
그믐의 달처럼

있었던 없었던 것
없었던 있었던 것

목마름이 있고. 달무리가 있고. 거울이 있고. 겨울이 있고. 이해하지 못하는 말이 있고. 저주처럼 되돌아오는 말이 있고. 다른 누군가의 목소리 위에서 듣는 너의 목소리가 있고. 너는 그곳에서 그곳으로

가고. 깃발이라도 있다면. 깃발이라도 흔들면서. 깃발이라도 흔들 텐데.

　떠다니면서 흩어지는 것
　흩어지면서 내려앉는 것

　이것은 누구의 목소리입니까. 사라진 줄 알았던 목소리가. 녹색을 띤 그늘 속 이끼처럼. 둘로 나뉜 하나의 물방울처럼. 밤과 낮의 경계 너머로 되살아나. 낱말을 발명하는 사람의 입술 주름 위로. 천천히. 손가락 하나를 가져가듯이. 어떤 간격. 어떤 틈. 접힌. 닫힌. 시간 혹은 장소의. 영원과도 같은 한순간을. 펼쳐보려는. 열어보려는.

　숨기는 동시에 드러내는 것
　드러내는 동시에 숨기는 것

　너의 얼굴은 다시 떠오른다

그림자에 그림자를 더한 검은 윤곽처럼
그늘의 입처럼

이해하지 않기로 하면서 이해한다. 가지 못한 그
곳으로 가면서. 그곳으로 다시 가면서. 계단이 있고.
창문이 있고. 강물이 있고. 잿빛이 있고. 희망이 있
고. 한낮이 있고. 침묵이 있고. 춤이 있고. 노래가
있고. 하늘이 있고. 숲이 있고. 새가 있고. 내가 있
고. 다시 네가 있고.

구름 없는 구름 속으로

얼굴 없는 얼굴에게 영혼 없는 영혼에 대해 이야기하며 밤 없는 밤을 건너듯 마음 없는 마음을 복기한다 사랑을 위한 사랑은 하지 않기로 시를 위한 시는 쓰지 않기로 사선에서 시작해서 사선으로 끝날 때 연약함을 드러낸 얼굴을 만난 적이 언제였나 결국 거울을 깨뜨리고 말았습니다 어머니의 방을 지나 안개 자욱한 거리로 나선에서 시작해서 나선으로 끝날 때 쉼 없는 쉼을 갈구하며 구원 없는 구원에 관한 장면을 떠올린다 사라지기도 전에 사라져버린 것을 보듯이 돌이킬 수 없다는 것을 아는 순간에 이미 사라지고 없는 것을 보듯이 사라지는 것을 내내 되살리기 위해 오래오래 간직하기 위해 너에게서 얼굴을 지워버렸다 얼굴 없는 얼굴 아래 이름 없는 이름을 새겨 넣고 기억 없는 기억의 온기 속으로 구름 없는 구름의 물기 속으로 입자와 파동의 형태로 번져나가는 관악기의 통로를 여행하듯 걸어간다 걸어간다 그저 지나치듯이 지나치듯이

비산의 바람

두 번 다시 볼 수 없는 사람이 꿈에 나타나 웃었다 울었다 사라졌다. 바람 사이로 사라지는 사람. 사람 뒤로 사라지는 바람. 비산은 두 개의 얼굴을 가지고 있다. 한쪽은 울고 한쪽은 웃는다. 울면서 웃는 것. 웃으면서 우는 것. 말하면서 말하지 않는 것. 말하지 않으면서 말하는 것. 여럿이서 하나가 되는 것보다 하나인 채 여럿인 방식을 택한 이후로. 그 골짜기에서 너는 돌이 되었구나. 바람이 되었구나. 내내 고독해졌구나. 아코디언과 폴카. 룰렛과 도미노. 광장으로 모여드는 겁 없는 청춘들처럼. 이름 붙이지 않아도 이미 있었던 사물의 의연함으로. 아름다움 속에서. 아름다움 속에서. 너는 높낮이가 다른 물그릇을 두드린다. 들리지 않는 마음처럼 어떤 목소리가 흘러나온다. 종이 위에 적힌 어두움이여. 찾아내지 않아도 이미 있었던 쓸쓸함이여. 비산은 바람이 없다고 했다. 나의 바람은 세계의 끝까지 걷고 걷는 것이다. 죽을 때까지. 끝없이. 끝없이. 내 속의 고요가 솟아나올 때까지. 내가 알지 못했던 네 얼굴을 되찾을 때까지. 뜻 없는 모래 장난처럼 글자가 무너져 내린다. 어디선가 무채색의 노래가 타오른다. 그는 죽었고 썩었다. 꿈에서 돌아와 비산의 바람이라고 썼다. 돌에 새겨 넣듯 비산의 파도라고 썼다. 비산의 피로라고도 썼다. 내게도 고향이 있을 것만 같았다.

태양에 가까이

우리는 서로의 얼굴을 문지르듯 쓰다듬는다
서로에게서 지워져가기를 바랐던 날들로부터
돌아가 쉬고 싶은 오래전 요일들 위에서
각자 자신의 상처 속으로 몸을 숨기듯

남동쪽 건물 – 수요일 오전에 태어난 사람들 – 수
성 – 코끼리
남서쪽 건물 – 토요일에 태어난 사람들 – 토성 – 용
서쪽 건물 – 목요일에 태어난 사람들 – 목성 – 쥐
북쪽 건물 – 금요일에 태어난 사람들 – 금성 – 두더지
북서쪽 건물 – 일요일에 태어난 사람들 – 태양 – 새
동쪽 건물 – 월요일에 태어난 사람들 – 달 – 호랑이
남쪽 건물 – 화요일에 태어난 사람들 – 화성 – 사자*

숨기면 숨길수록 더욱더 뚜렷해지는
결핍들, 과오들, 어둠들

팔 하나 없는 인생보다

발 하나 없는 인생보다
조금 더, 조금 더 부족한 온기를

보아라, 저기 저 코끼리와 사자 사이
호랑이와 두더지 사이
새와 쥐 사이

태양 가까이 일요일로부터 솟아오르는
사라지려 했던 얼굴들에서 피어오르는

사이와 사이사이에 한 줄의 시가 있다
오직 여백의 문장으로만 서로를 알아보듯

우리도 언젠가는 회복될 것임을 믿는다
두더지와 사자의 마음을 어루만지듯
북서쪽 건물에서 남동쪽 건물로 사라지듯

* 태어난 별의 건물. 후지와라 신야, 『동양기행』에서.

먼 곳으로부터 바람

빨강과 파랑이 섞이는 풍경을 보고 있었지.
밤으로 만든 의자에 앉아서.

너는 걸어 다니는 시.
울면서. 잠들면서. 노래하면서.

순간의 순간에서 순간의 순간으로
리듬으로 시작해서 리듬으로 끝나는

만난 적 없는 색깔이 섞이는 밤이다.
너에 대해 속삭이고 속삭이는 밤이다.

하나의 몸에서 나뉜 두 개의 영혼
반짝이면서 하얗게 사라지는 전날의 거울
거울의 뒤편에서 거울의 뒤편으로
머나먼 곳으로부터 오는 바람 속으로

웃음, 나는 울지

울음, 나는 웃지

언젠가 앉아 있던 잿빛의 계단
두 개에서 세 개로 증식하는 너의 얼굴

한 번도 만난 적 없지만 우린 이미 만났지요.

나무의 흔들림을 바라보면서. 어제의 믿음을 버리
면서. 흔들리는 그림자의 윤곽을 다시 지우면서.

나는 울지, 그 대목에서
나는 웃지, 그 거리에서

멀리서 둥둥 북소리 들려온다. 숲은 고요하고 나
무는 자란다. 하늘은 맑고 구름은 사라진다. 너의
구두는 반짝이면서. 끝없이 이어지는 길 위에서. 천
천히. 점점 빠르게 내달리면서.

우리는 앞으로 앞으로 걸어갔지. 말없이. 손나팔을 불듯 두 손을 흔들면서. 끝없이 이어지는 춤을 추면서. 머나먼 반도의 끝자락을 떠도는 이름 없는 유랑 악단처럼. 멈추면 사무칠까 봐 더 더 걸었지. 뒤처진 쪽을 슬쩍슬쩍 바라보면서. 서로가 서로를 잘 따라오고 있는지 주의를 기울이면서. 언제나. 언제나 그렇게 걸었지. 언제나 그렇게 걸어왔지. 춥고 어두운 길에선 더더욱 더.

삼각형의 넓이를 구하는 공식이 사각형의 넓이를 구하는 공식보다 더 아름답게 느껴지는 이유는 무엇입니까.

바람이 불고 있었지. 숲은 어디에도 없었어. 불과 꽃. 재와 그림자. 없는 들판과 없는 언덕. 물결처럼 늘어나는 장방형의 모서리들. 별들이 쏟아져 내리고 있었지. 어떤 노래가 꿈처럼 부풀어 오르고 있었지.

내가 가진 몇 개의 단어
내가 말할 수 있는 몇 개의 사물

하늘엔 두 겹의 구름이 층층이 부풀어 오르고
나의 늙고 오래된 개는 말이 없다
눈멀고 귀 멀어 자신의 고독 속에서

사는 것이 죽는 것이다.
죽는 것이 사는 것이다.

순간의 순간에서 순간의 순간으로
리듬으로 시작해서 리듬으로 끝나는

나는 울지, 그 계단에서
나는 웃지, 그 어둠으로

구름이 다가온다. 빛이 사라진다.
먼 곳으로부터 바람. 먼 곳으로부터 오는 네가 있다.

초다면체의 시간

그것은 이제 막 시작되었거나 이제 막 끝났는지도 모른다. 이제 막 가슴에 매단 작고 빛나는 훈장 혹은 누군가의 마지막 유품처럼. 언젠가 너는 내게 편지했다. 겨울에는 나에게로 여행 오세요. 이를테면 이런 여행. 황혼이 내리기 시작하는 사막 위를 낡은 캐딜락을 타고 홀로 달려가는. 지평 저 너머로 희미한 모래 먼지가 되어 사라져가는. 사막에는 사막밖에 없지. 나에게는 나 자신밖에 없듯이. 내 성질에 맞는 사람들은 미친 사람들, 미치도록 살고 싶어 하고, 미치도록 말하고 싶어 하고, 미치도록 구원받고 싶어 하는 사람들이다. 이런 사람들은 모든 것을 갈망하고, 시시한 일을 떠벌리거나 말하지 않고, 로마 신화에 나올 법한 황금빛 양초처럼 타오르고, 타오르고, 타오르는 사람들이다.* 우리는 길 위에 나란히 서서 잭 케루악을 읽었지. 너는 아주 어릴 적부터 기타리스트가 되기를 은밀히 소망해왔다. 하지만 기타리스트가 되기엔 네 손가락은 너무 작고 어두웠다. 너는 남몰래 탁자 밑에서 강박적으로 손가락을 늘리

곤 했었지. 너는 불운하지도 불행하지도 않다. 다만 조금 자주 울적할 뿐이다. 어쩌면 우리는 끝없이 이어진 들판 위에서 언제까지나 언제까지나 춤을 추는 야윈 몸의 요기가 됐을 수도 있었을 텐데. 나는 우리의 팔과 다리가 부드럽게 휘저어놓은 공기의 입자를 느낀다. 어제저녁 나는 팔차원 초다면체를 아홉 개나 찾아냈어요. 그것들은 속이 빈 채로 서로 맞물려 있었죠. 나는 콕세터라는 이름 하나를 떠올린다. 우리들은 마치 만화경 속의 풍경처럼 완벽하게 아름다운 대칭을 이루며. 무한히 흔들린다. 달린다. 날아오른다. 내 머릿속을 떠도는 마이너의 피아노 음계. 유리잔 바닥을 떠도는 녹차 찌꺼기. 내겐 언제나 사소한 것에 쉽게 감동하는 나쁜 버릇이 있었다. 우리는 한배에서 태어난 두 개의 머리 같구나. 그리고. 그러나. 어느 날 무언가가 지속되기를 바라는 순간. 우리 둘 중 누군가가 입을 다문다. 우리는 태어나기 전에는 모두 죽어 있었다. 빛이 사라진다. 어떤 빛이. 어떤 빛이 어둠 곁으로. 어둠 뒤로. 사라진다. 나 혹은 너는 검은색 혹은 흰색이 된다. 나는 기다릴 수 없는 것을 기다릴 수밖에 없었던 시간을 떠올렸다. 망설여서는 안 되는 것을 망설였던 시간을 떠올렸다. 나는 너에게 여행 가지 않았다. 그리고. 그러나.

* 잭 케루악, 『길 위에서』에서.

흑과 백의 시간 속에 앉아

난 언제나 감자의 다양한 조리법에 감탄하곤 했지. 굽고 삶고 찌고 볶고 튀기고 데치고 으깨고 부치고 끓이고 죽이고 묵히고 익히고 말리고 밀리고 울리고 불리고 부수고 밀치고 망치고 뭉치고 상하고 멍들고 짓누르고 짓무르고 회피하고 보류하고 기다리고 기대하고 묻고 답하고. 그것이 싸구려 인생을 대변한다는 사실이 그리 놀라운 일도 아니지. 흘러넘친다는 건 이미 전락했다는 말이니까. 어디에서 어디로 굴러 떨어졌는지는 중요하지 않아. 어느새 떠내려왔다는 거지. 원치 않는 어떤 곳에 놓여 있다는 거지. 그날의 우리가 그랬었지. 지나고 나서야 알았지만. 그때 넌 어쩌면 그렇게 슬픈 눈을 하고 내 앞에 앉아 있었니. 어쩜 그렇게 내 슬픔을 고스란히 지고 앉아 있었니. 맛없는 포테이토샐러드를 먹으면서. 하릴없이 포크와 나이프를 들었다 놨다 하면서. 테이블 위로 일렁이는 희미한 불빛을 남모르게 좇으면서. 돌아갈 수도 나아갈 수도 없는. 흑과 백의 시간 속에 앉아.

모르는 사람 모르게

눈을 감는다. 무언가 보기 위해. 무언가 듣기 위해. 어둠은 어둠만이 아닌 색깔들. 어둠은 어둠만이 아닌 들판들. 먹어도 먹어도 줄지 않는 보리떡 다섯 개와 물고기 두 마리의 기적 같은 것. 속도에 몸을 맡긴 채 체념하듯 앉아 있던 어두운 기차간 같은 것. 어둠 속에서 어둠 속으로. 어둠 속에서 어둠을 향해. 눈을 뜨면 그날의 양 떼들도 다 사라지겠지. 녹색의 들판에서 하름하름 풀을 뜯어 먹던. 한가로이 울면서 구름 곁으로 번지던. 잠든 적이 없는데도 꿈을 꾸었다. 깨어나 보니 다시 꿈속이었다. 서로의 손을 맞잡습니다. 이제 당신을 읽겠습니다. 저 나무의 이름은 무엇입니까. 웃지만 우는 얼굴이었습니다. 마음의 본성은 거울과 같습니다. 당신은 신성한 사람입니다. 가만히 있는데도 끝없이 떠내려가는 것만 같습니다. 오래도록 누군가의 입을 빌려 말해왔다는 생각이 듭니다. 구운 식빵과 삶은 달걀 하나면 족합니다. 불면증이 오래되었습니다. 너무 일찍 일어났습니다. 제대로 우는 법을 배워야 합니다. 마음이 정화된다면 있는 그대로의 무한한 세계를 보게 될 겁니다. 이팝나무 길을 걸었습니다. 흰 꽃을 좋아하면 슬픈 인생을 살게 된다는 말을 들었습니다. 내려놓고 싶지만 내려놓을 수 없는 짐이 있습니다. 너와 나는 다른 둘이 아닌 하나입니다. 반성한다는 것은 여전히 어제 속에 머물러 있다는 말입니다. 일곱번째 차크라가 열렸습니다. 언제쯤 돌아갈 생각입니까. 말의 뜻이 중요한 것은 아닙니다. 끝이 곧 시작입니다. 꽃이 떨어지는 것을 보지 못했습니다. 떨어지는 것은 눈물뿐만이 아닙니다. 마음은 원래 비어 있는 것입니다. 불을 켤 수도 끌 수도 없습니다. 보라색은 가장 높은 단계의 영성을 드러낸다고 합니다. 제비꽃을 좋아하던 사람을 알고 있습니다. 거울은 바닥에 놓여 있습니다. 상자는 탁자 위에 있습니다. 넝쿨 식물의 꽃은 높은 곳에 있습니다. 불행이 들어설 자리가 없는 것은 당연합니다. 깃발은 바람 속에서 휘날립니다. 말과 말 사이에 있는 것은 무엇입니까. 대부분은 옷을 잘 차려 입지 못한 미지의 사람들이었습니다. 힘이

넘치는 실패자를 만난 적이 있습니다. 고대의 치유
사들은 균형 잡힌 무의식의 힘과 날개 달린 초의식
의 시야를 갖춘 헤르메스의 수정 지팡이를 사용했다
고 합니다. 그해 여름은 유난히 더웠습니다. 자연과
인간이 찰나 속에서 남기고 간 것을 무엇이라 부를
수 있습니까. 편한 것보다 힘든 것이 더 좋습니다. 깊
이란 무엇입니까. 이 세상은 단 한 번도 똑같은 적이
없습니다. 각각의 태양은 신의 생각이고 각각의 행성
은 그 생각이 드러난 모습입니다. 모르는 사람의 모
르는 얼굴을 떠올려본 적이 있습니까. 계속 걸어가
겠습니다. 마음의 소리에 귀 기울일 수 있어야 합니
다. 우리가 이웃에게 끼친 해악은 그림자처럼 우리를
따라다니게 될 겁니다. 어떤 부분집합들은 그 자체
로 원소의 개수가 무한합니다. 밤하늘은 왜 밝지 않
고 어둡습니까. 꽃병을 대신할 유리병이 필요합니다.
상자 속에는 또 다른 상자가 들어 있습니다. 누구나
웃을 수 있습니다. 누구나 기다릴 수 있습니다. 누
구나 손톱을 깎아야만 합니다. 말하려고 했던 것을

잊어버렸습니다. 중요한 것은 절대적인 하나의 진리가 아니라 서로 모순되는 수많은 상대적인 진리입니다. 모든 것은 있는 그대로 다 완전하고 아름답습니다. 다시 한 번 두 손을 맞잡을 수 있겠습니까. 다시 한 번 당신 자신을 읽을 수 있겠습니까. 한 낱말 위에 한 낱말이 겹치면서. 한 목소리 위에 한 목소리가 흐르면서. 달아나는 말 위로 스며드는 물. 스며드는 물 위로 내려앉는 말. 얼음과 구름. 죽음과 묵음. 결국 헤매다가 죽게 될 것이다. 모르는 사람 모르게 살아가듯이. 모르는 사람 모르게 죽어가듯이. 커튼은 잿빛으로 흔들리고 있었다. 탁자는 흑백으로 움직이지 않았다. 이것을 빛이라고 부를 수 있다면 이 어둠이야말로 내 마음이다. 눈을 감는다. 다시 눈을 감는다. 내 눈 속의 어둠과 함께. 너의 어둠과 함께. 어둠 속에서 어둠 속으로. 어둠 속에서 어둠을 향해.

검은 것 속의 검은 것

그 밤에 작은 유리병 속에 들어 있던 검은 것을 기억한다. 결국 우리는 그것을 돌이라고 생각하기로 하고 각자 자기가 있던 곳으로 떠났다. 다시 만날 기약도 없이. 한 번도 만나지 않았던 것처럼. 그토록 다정한 것들은 이토록 쉽게 깨어진다. 누군가는 그것을 눈물이라고 불렀다. 누군가는 그것을 세월이라고 불렀다. 의식적인 부주의함 속에서. 되돌릴 수 없는 미련 속에서. 그 겨울 우리는 낮은 곳으로 떨어졌다. 거슬러 갈 수 없는 시간만이 우리의 눈물을 단단하게 만든다. 아래로 아래로 길게 길게 자라나는 종유석처럼. 헤아릴 길 없는 피로 속에서. 이 낮은 곳의 부주의함을 본다. 노래하는 사람이 너무 많군요. 웃고 있는 사람이 너무 많군요. 꽃이 만발한 세계였다. 빛이 난반사되는 어두움이었다. 너무 많은 리듬 속에서. 너무 많은 색깔 속에서. 너는 질식할 듯한 얼굴로. 어둠이 내려앉듯 가만히 앉아. 나무는 나무로 우거지고. 가지는 가지를 저주하고. 우리와 우리 사이에는 거리가 있고. 거리와 거리 사이에는 오해가 있고. 은유도 없이 내용도 없이. 너는 빛과 그림자라고 썼다. 나는 물과 어두움이라고 썼다. 검은 것 속의 검은 것. 검은 것 사이의 검은 것. 모든 문장은 모두 똑같은 의미를 지닌다. 똑같은 낱말이 모두 다 다른 뜻을 지니듯이. 우리가 우리의 그림자로부터 떠나갈 때 우리는 우리 자신이 된다. 무수한 목소리를 잊고 잊은 목소리 위로 또 다른 목소리를 불러들인다. 사랑받지 못하는 날들이 밤의 시를 쓰게 한다. 밤보다 가까이 나무가 있었다. 나무보다 가까이 내가 있었다. 나무보다 검은 잎을 매달고. 두 번 다시 보지 못할 사람처럼. 영원히 사라질 것처럼. 밤이 밤으로 번지고 있었다.

몸소 아름다운 층위로

한 편의 시를 쓰고 있었다
이런 낱말을 가지고 있었다

목양실
감화원
유형지
부영사
금언집
김나지움
시가전차
고대연극

사랑이 끝나자 봄이 왔다
봄과 함께 고양이도 왔다

야옹 야옹
갸르릉 갸르릉

믿을 수 없게도 미국 고양이는
미우 미우라고 운다고 했다

고양이는 고양이만의 낱말을 가지고 있었다

그림자가 단 하나여도
고양이의 눈은 고양이의 눈
나의 눈은 나의 눈

고양이 곁에 바짝 다가앉아도
고양이는 고양이
나는 나

거실에서는 어머니가 성경을 읽고 있었다
마태와 마가와 누가와 요한과 함께
어머니의 낱말은 성스러운 빛을 띠고 있었다

희고 파리하고 서늘한 빛

한 번도 가보지 못한 김나지움의 빛

선적인 조망
붙박이 좌석
두꺼운 틀
깊은 창틀
걸러진 빛
작은 창유리
활짝 열리는 창
반쯤 가려진 정원*

빛이 잘 들지 않는 창가 좌석은 이런 낱말을 가지
고 있었다

방 안 가득 먼지가 흐르고 있었다
먼지가 흐르듯 고양이도 흐르고 있었다
고양이가 흐르듯 나도 흐르고 있었다

탁자 밑에서 침대 밑에서
어둠 속을 파고드는 신실한 마음처럼

믿을 수 없게도 모두 함께 시를 쓰고 있었다
저마다의 낱말 속에서 저마다 아름답게 흐르고
있었다

이 방에서 저 방으로
이 종이에서 저 종이로

* 크리스토퍼 알렉산더, 『영원의 건축』에서.

빛으로 걸어가 빛이 되었다

주문을 외우듯 눈을 감으면
철 지난 바닷가에 서 있는 오래전 사람

소녀와 소녀가 손을 잡고 있었다
뒷모습을 뒷모습으로 보이며 서 있었다

손은 푸르렀고 해는 뜨거웠다
구름은 흐르고 모래는 흩어졌다

바다는 바다로 멀어지고 있었다
두 눈 가득 아프게 차오르고 있었다

도망치지 않고 그 자리에 서서
두 눈으로 물빛을 마주 보고 서서

눈을 멀게 하는 것이 언제나 좋았다
시라는 것은 이제 그만 잊어도 좋았다

손과 손을 맞잡고 있다는 것
담장을 타오르는 덩굴풀을 본다는 것

보고서도 보지 못한 나무들이 일어설 때
거리는 문득 길어지고 하루는 무수한 날들로 이어
지고

달려오는 말 다가오는 손
물결이 왔다 물결이 갔다

보이지 않는 빛 속에서
빛으로 걸어가 빛이 될 때까지

거울이 거울로 깨어졌다
물방울은 물방울로 떨어졌다

무언가 저 너머로 날아올랐다
새는 비로소 새로 날아올랐다

어둠과 구름

일기를 쓰고 눈물을 닦고
몇 가지 단어를 잊고 잠들자

꿈속에서 둥글게 퍼지며 가장자리로부터 사라지
는, 하나인 동시에 여럿인 구름을 보았다. 구름은 가
장 불분명한 발음으로 존재하는 가장 명확한 형상이
라고 생각했다. 아니. 가장 명확한 발음으로 사라지
는 가장 불분명한 형상이라고.

이것은 얼굴이다
이것은 음악이다

어둠과 구름과 하늘과 물고기 사이
어쩌면 바다일지도 모를 바다 위에
아니면 허방일지도 모를 허방 위에

물 아래에는 물고기
하늘 아래에는 너와 나

한 번도 보지 못한 아름다운 춤을 추듯이
맞잡은 두 손을 속으로만 만지작거리듯이

우리는 죽음 한가운데 있습니다. 우리는 죽은 무
언가를 가지고 있습니다. 어제는 상중(喪中)이라고
적힌 흰 종이를 보았다. 대문은 굳게 닫혀 있었다.
하늘색이었다. 몇 가지 다른 흰 꽃도 보았다. 죽은
사람은 각자 자신의 길을 간다. 각자 함께. 함께 각
자. 흰 여백처럼 아름답게. 검은 글씨처럼 슬프게.

저것은 네 눈속의 빛이다
저것은 내 귓가의 노래다

멀어지는 물결과 물결 사이
기억나지 않는 말과 말 사이

구름은 점점 더 짙게 너울거리며

마음속으로만 마음속으로만 퍼져나가고

겨울의 첫 입김이 흩어지고 있었다
언젠가의 네 이름이 생각나지 않았다

유령의 몫

　무수한 실선들 사이를 떠돌고 있는 무수한 점선들을 바라보고 있었지. 잿빛 로비에 서서. 나는 여기에 있었어. 아니, 너는 여기에 있었던 적도 없었던 적도 없었어. 우리들은 있는 척하는 것에도 없는 척하는 것에도 서툴렀지. 아니, 있는 척하는 것에도 없는 척하는 것에도 지친 거겠지. 잿빛 로비가 점점 어두워지고 있었어. 바람 소리가 들려오는 것만 같았지. 여긴 창문이 없다, 없어요. 정말 바람이 말을 하는 것 같구나. 너는 고귀함을 몰라, 고귀함을. 역시 바람의 목소리야. 우리의 입이 달싹였지, 들썩였지. 어딘가엔 창문이 있을 거야. 우리는 창문을 찾았지, 찾는 척했지. 딱히 할 일이 없기도 했어. 우린 자신에게만 골몰하는 사람이라는 걸 서로가 너무나 잘 알고 있었으니까. 그것이 우리의 생을 고독하게 만들었지. 너로부터 나로부터 우리로부터 우리 자신을 달아나게 만들었지. 아름다움이 막 시작되려는 순간에. 아름다움이 막 사라지려는 찰나에. 우리는 이전에도 이후에도 이미 벌써 모든 걸 깨달았지, 모든 것

을. 우린 평생 고독할 거야, 고독해질 거야. 고귀함
은 어떤 순간에 도착하는 걸까, 고귀함은. 누구와도
닮지 않은 내밀한 외연을, 어쩌면 천상의 자질을, 자
신도 모르게 드러낼 때. 그 자신에 의해서가 아니라,
어떤 망각과 환각에 의해, 외부로부터 날아드는 타
인의 시선의 힘으로. 진흙탕을 구를지라도 고귀함.
흙탕물을 뒤집어쓸지라도 고귀함. 그래, 고귀함, 고
귀함. 그러니까 우리에겐 더 많은 진흙탕이 필요해.
오랜 시간도 필요하지. 오해될 시간. 오해받을 시간.
창문은 없었어. 창문은 없는 척했어. 창문은 다른 모
든 사물들의 특성을 그대로 갖고 있었지. 한마디로
특성 없는 특성을 간직하고 있었어. 사물이, 그 물질
고유의, 보이지 않는 소립자적인 차원에서, 물성을,
불성을 지니고 있다는 건 거짓말이야. 사물은 다만
거울처럼 반영할 뿐이야. 무엇을? 너는 물었고. 그걸
모르겠군. 나는 대답했고. 거울은 우리의 밖에 있지
않아, 거울은. 언제나 그렇듯 결정적인 말은 내 입속
에만 머물러 있었고. 너는 입술을 깨물었지. 잊고 있

122

었던 상처를. 잊고 있었던 결함을. 잊고 있었던 과오
를. 잊고 있었던 우둔함을. 너 혹은 나의. 빨강 혹은
파랑의. 잊고 있었던 경멸과 환멸의 그림자를 목격
한 사람처럼. 너는 입술을 깨물었지. 냉소의 빛이 입
술을 푸르게 물들였지. 나중엔 잿빛으로. 너는 질렸
고. 그래, 질렸다 질렸어. 너의 입술엔 피가 맺혔어.
우린 이미 오래전에 사라졌던 것 아니었나. 아마도.
이미. 벌써. 오래전에.

가장 큰 정사각형이 될 때까지

너는 왜 매번 지우개가 없는 거냐. 책상에 두었는데요. 매번 책상에 두었다면서 왜 매번 지우개가 없는 거냐. 글쎄요. 이 책상이 네 책상이 맞긴 맞는 거냐. 그럴걸요. 언제부터 네 책상이었느냐. 기억나지 않는데요. 어서 지우개를 찾아오너라. 발 없는 지우개를 가져오너라. 오늘 장기자랑은 어땠느냐. 그지 그랬어요. (또 놀림을 받았구나. 놀림을 받았어. 놀림을 받아서 또 울었구나. 울었어.) (아니에요. 아니에요.) 너는 왜 최대공약수를 구해야 할 때 최소공배수를 구하고 있는 거냐. 문제를 다시 찬찬히 읽어보아라. 사탕 열여덟 개와 초콜릿 스물네 개를 최대한 많은 접시에 남김없이 똑같이 나누어 담는다고 했잖니. 최대한 많이. 최대한 많이 나누어. 최대한 많이 나누어 담는다고 했잖니. 너는 나누어 담는 것이 싫은 거냐. 아니요. 그럼 너는 사탕이 싫은 거냐. 아니요. 초콜릿은 좋아하잖니. 네, 좋아해요. 이모도 좋아한단다. 초콜릿보다는 초콜렛. 언제나 초콜렛이 좋았단다. 언제나 언제나. 그런데 너 언제까지 저 인공부화기의 불빛을 켜둘 셈이냐. 저 부화기의 가장 자리를 따라 흐르는 전류의 소음이 극심한 두통을 일으키는구나. 아무 소리도 들리지 않는데요. 너는 저 소리가 들리지 않느냐. 무언가 끓어 넘치고 있는 것 같구나. 한없이. 무한히. 신음하고 있는 것 같구나. 알을 깨고 나오지 못한 저것들은 이제 어떻게 되는 거냐. 저 알 속에서. 저 어둠 속에서. (어둠 속에서 얼굴 없이 죽어가는 저 깃털을 너는 어떻게 생각하느냐.) (몰라요. 몰라요.) 그렇다면 이제 몇 마리 남은 거냐. 저것들이 어미 없이 알을 깨고 나온 것을 너는 어떻게 생각하느냐. 어미 없는 발들을 너는 어떻게 생각하느냔 말이다. 어미 없는 발이라는 말이 싫다면 어미 없는 날개라는 말은 어떠냐. 어미 없는 새는 어미 없는 새로 살아가게 될 거다. 앞으로. 영원히. 어미 없는 새는 이 세상 어디에도 없는데. 그들은 이제 어미 없는 새가 된 거다. 아니야. 야단치는 게 아니야. 이모는 술을 너무 많이 마셔 피곤하구나. 눈이 빨개요. 그래, 충혈됐어. 충혈. 이모는 좀 누워

야겠구나. 이모는 누워 있을 테니 너는 계속 문제를 풀거라. 저 메추리들은 저 뜨겁고 투명한 유리관 속에서. (너는 언제까지 저들을 저 속에 가둬둘 셈이냐.) (몰라요. 몰라요.) 언젠가는 저 인공부화기의 불빛도 꺼지게 될 거다. 언젠가는 너도 저들을 잊게 될 거다. 사물의 이름을 잊는 방식으로 너도 저들을 잊게 될 거다. 그런 뒤 너는 너만의 새를 머릿속에 키우게 될 거다. 네 머릿속에서 너의 메추리가 날개를 펼칠 때 너는 그제야 저들 또한 너를 잊었다는 사실을 알게 될 거다. 네가 저들을 잊었듯이 저들 또한 너를 잊었다는 사실을 알게 될 거다. 그러다 어느 날 문득 너와 메추리는 다시 처음처럼 온전히 만나게 될 거다. 이모, 왜 자꾸 혼잣말을 하세요. 이모는 혼잣말이 무엇인지 모른단다. 이모는 그저 숨을 쉬고 있을 뿐이란다. 한 번의 들숨. 한 번의 날숨. 들숨이 멈추는 순간. 날숨이 멈추는 순간. 그 순간순간에 무엇이 놓여 있는지 너는 아느냐. 몰라요. 몰라요. 이모도 모른단다. 그런데 호흡법이라면 누구보다도 네가 잘 알고 있지 않느냐. 긴장하지 않기 위해. 불안감을 떨치기 위해. 너는 하루에도 몇백 번 심호흡을 연습하지 않느냐. (그러고도 결정적인 순간에는 언제나 낯빛이 백짓빛으로 변하며 모든 일을 다 망치지 않느냐.) (아니에요. 아니에요.) 이모는 술을 너무 많이 마셔서 피곤하구나. 고모를 불러와야 할지도 모르겠구나. 이모는 힘이 없구나. 말할 힘도. 서 있을 힘도. 앉을 힘도. 누울 힘도. 쓸 힘도 없구나. 그래서 이모는 노래를 부른단다. (이모의 노래가 들리느냐.) (아니요. 아니요.) 아니, 너 왜 또 최소공배수를 구하고 있는 거냐. 최대공약수라고 하지 않았느냐. 통분을 할 때만 최소공배수라고 하지 않았느냐. 가로 십육 센티미터, 세로 육 센티미터인 직사각형 모양의 종이를 가지고 있습니다. 이 종이에서 가장 큰 정사각형을 잘라내고, 남은 종이에서 가장 큰 정사각형을 잘라내려고 합니다. 마지막에 남은 종이가 정사각형이 될 때까지 반복할 때, 마지막에 잘라내는 정사각형의 한 변은 몇 센티미터인지 알아보시오. 알아보시오,라고 했잖니. 자, 알아보도록 하자. 가장 큰 정사각형이라고 했잖니. 가장 큰. 잘라내라고 했지. 잘라내는 거야. 반복해서 반복해서. 이 직사각형을 잘라내는 거야. 가장 큰 정사각형이 될 때까지. 잘라내고 남은 직사각형을 또 잘라내는 거야. 가장 큰 정사각형이 될 때까지. 자꾸 자꾸. 언제까지 잘라내야 하느냐고. 가장 큰 정사각형이 남을 때까지다. 가장 큰 정사각형. 가장 큰 정사각형이 될 때까지. 가장 큰 정사각형이 되는 일은 어려운 일이지. 정말 어려운 일이야. 이모도 시도해봤지만 실패했단다. 이모는 정사각형에 가까운 직사각형이 되어버렸지. 그래서 인생이 이토록 슬프고 피곤하단다. 그래, 더 잘라내야지. 가장 큰 정사각형. 가장 큰 정사각형이 될 때까지. 이제 잘라낼 종이가 없어요. 아니야. 더 잘 살펴보아라. 아직도 잘라낼 정사각형이 있을 거야. 가장 큰 정사각형이. 잘라낼 종이가 없을 때조차도 잘라낼 가장 큰 정사각형이 있는 법이지. 이모, 머리가 아파요. 이모도 그렇단다. 언제나 머리가 아프지. 이

모는 술을 너무 많이 마셔 피곤하구나. (이모는 조금
더 마시고 그만 죽어버리고 싶구나. 이모는 조금 더 마
시고 그만 죽어버려도 좋을 것 같구나.) 지우개가 떨
어졌잖니. 바닥에. 여기 또 지우개가 있구나. 여기에
도. 여기에도. 책상에 둔 지우개가 바닥에 있구나.
바닥에. 지우개가 여기. 지우개가 여기. 지우개가 여
기. 바닥에 있구나.

마지막은 왼손으로

우리는 태어나지 말았어야 했다. 사랑할수록 죄
가 되는 날들. 시들 시간도 없이 재가 되는 꽃들. 말
하지 않는 말 속에만 꽃이 피어 있었다. 천천히 죽어
갈 시간이 필요하다. 천천히 울 수 있는 사각이 필요
하다. 품이 큰 옷 속에 잠겨 숨이 막힐 때까지. 무한
한 백지 위에서 말을 잃을 때까지. 한 줄 쓰면 한 줄
지워지는 날들. 지우고 오려내는 것에 익숙해졌다.
마지막은 왼손으로 쓴다. 왼손의 반대를 무릅쓰고
쓴다. 되풀이되는 날들이라 오해할 만한 날들 속에
서. 너는 기억을 멈추기로 하였다. 우리의 입말은 모
래 폭풍으로 사라져버린 작은 집 속에 있다. 갇혀 있
는 것. 이를테면 숨겨온 마음 같은 것. 내가 나로 살
기 원한다는 것. 너를 너로 바라보겠다는 것. 마지막
은 왼손으로 쓴다. 왼손의 반대를 바라며 쓴다. 심장
이 뛴다. 꽃잎이 흩어진다. 언젠가 타오르던 밤하늘
의 불꽃. 터져 오르는 빛에 탄성을 내지르며. 나란히
함께 서서 각자의 생각에 골몰할 때. 아름다운 것은
슬픈 것. 슬픈 것은 아름다운 것. 내 속의 아름다움

을 따라갔을 뿐인데. 나는 피를 흘리고 있구나. 어느새 나는 혼자가 되었구나. 되돌아보아도 되돌릴 수 없는 날들 속에서. 쉽게 찢어지고 짓무르는 피부. 멍든 뒤에야 아픔을 아픔이라 발음하는 입술. 모래 폭풍은 언젠가는 잠들게 되어 있다. 다시 거대한 모래 폭풍이 밀려오기 전까지. 너와 나라는 구분 없이 빛을 꽃이라고 썼다. 지천에 피어나는 꽃. 피어나면서 사라지는 꽃. 하나 둘. 하나 둘. 여기저기 꽃송이가 번질 때마다. 물든다는 말. 잠든다는 말. 나는 나로 살기 위해 이제 그만 죽기로 하였다.

얼굴은 보는 것

거울은 다만 빛이 부족한 것
따뜻함은 이미 넘치고 넘치는 것

뒤돌아가면 왔던 길이 남아 있다
다시 되돌아가면 제자리로 돌아온다

새가 새를
나무가 나무를
구름이 구름을 불러 모으듯

어떤 믿음이 너와 나를 구별되게 했다

믿고 싶어서 믿기 시작하다 보면
믿지 않아도 믿게 되는 순간이 온다고

나는 나를 속이고 있었다
네가 너를 속이고 있듯이

그러니까 오늘 밤은 멀리멀리로 가자
아름다움 앞에서는 죽어도 상관없는 얼굴로
축제의 깃발을 흔드는 기분으로

우리는 아주 작은 무언가를 잃어버린 사람처럼
서로의 얼굴을 마주 보고 있었는데

얼굴과 얼굴로 오래오래 가만히 마주 보는 것은
아무래도 사람과 사람의 일이었다고

그러니까
얼굴은 마주 보는 것
마음은 서로 나누는 것

사람은 우는 것 사랑은 하는 것

우리는 우리라는 이름을 얻는 대신
그곳으로 두 번 다시 돌아가지 않았다

하루에 한 가지씩

그 겨울은 말이 없었다
그 겨울은 말이 되지 않았다

두 눈을 감으면 떠오르는 물
수평선은 나를 두고 멀어지고 있었다

두 번 말하지 않는 이유는
세 번 말하지 않기 위해서다

같은 말을 반복하고 있을 때에도
점점 물러나며 멀어지는 물

남아 있는 날들이 줄어들 때
멀리 힘껏 물수제비를 던지는 아이가 있어
안간힘을 다해 저 너머로 가려는 마음이 있어

돌아간 것들은 돌아오지 않는다
돌아오지 않는 것을 기다리지 않게 될 때

하루에 한 가지씩 잊히는 말
하루에 한 가지씩 밀려나는 말

수면 위로 튀어 오르는 돌이 사라질 때까지
둥글게 그려진 동심원이 작아질 때까지

해는 높이 솟구치었다
낮에도 별은 빛나고 있었다

거리는 치밀하고
나무는 치열하다

두 번 다시 보지 않을 것처럼
하루에 한 가지씩 잊어버릴 것처럼

그 겨울은 말이 없었다
그 겨울은 말이 돌아오지 않았다

나무는 기울어진다

바닥이 어둠일 때
의자는 그늘을 지배한다
창문을 가로지르는 격자의 마음
숨겨진 얼굴은 빛에 의해 드러나기를 기다린다
그것은 보이는 대로 보이는 것이 아니다
보이지 않는 대로 보이는 것과 같은 이유로
새들은 자신의 몸보다 더 많은 무게를 지닌다
빛은 가장자리를 따라 가까워졌다 멀어진다
멀리 있는 것은 너의 마음
바다와 나무는 멀다
나무와 그림자는 멀다
바닥과 어둠은 멀다
멀리 종탑의 종소리가 들려온다
담장 아래에서 이름 모를 꽃이 핀다
나무는 비스듬히 기울어진다
그림자의 말을 들을 수 있다면
나무의 마음을 볼 수도 있을 텐데
어쩌면 아무것도 아닌

어쩌면 아무것도 아닌 것이 아닌
비밀처럼 길어지는 오후의 그림자
나는 그것의 형상을 알고 있었다
이제는 사라져버린 어느 날의 얼룩
얼굴 없는 새들의 얼굴 없는 날개 위로
다시 또 하루가 시작된다
어제의 나무가 다시 자란다
자라나던 나무가 다시 줄어들 때
새들은 처음처럼 날아오른다
가지 못한 곳에 대한 회색
가지지 못한 것에 대한 흑백
손잡이를 돌린다
기대는 언제나 배신당한다
정지한 채로 서 있듯이
걸어간다 걸어간다
오래도록 멈춰 있던 시계 아래에서
낮이 낮으로 밤이 밤으로 사라질 때
천천히 기울어지는 한 그루의 나무를 보았다

파노라마 무한하게

그날은 몹시도 눈이 내렸는데
내려앉는 눈송이를 볼 수 없는 높은 침상이었는데
침상 저 너머에서 알 수 없는 아리아가 울려 퍼지
는 밤이었는데

죽기 직전 사람은 자신의 전 생애를 한눈에 다 본
다고 하는데
그것은 눈물이 바닥으로 떨어지는 속도로
무한에서 무한으로 가는 움직임이라고 하는데

그때 보이지 않는 창 너머로 보았던 것은
언젠가 나를 위해 울어주던 얼굴이었는데

걷고 묻고 달리고 울고 웃던
검은 옷을 입은 그 사람은 누구였을까

있지도 않은 없는 사람을 떠올리며
없지도 않은 있는 사람을 지울 때

한 치의 여백도 없이 채우고 싶다고
더없이 아름다운 삶을 살고 싶다고

위에서 아래로 과거에서 미래로
아득히 흘러가던 그 풍경은 다 무엇이었을까

흙은 또 이토록 낮은 곳에 있어
무언가 돌아가기에 참으로 좋은 것인데

나선의 감각
— 공작의 빛

꿈 없이 잠들고 꿈 없이 깨어나는 날들이다. 흐릿하고도 명확한. 명확하고도 흐릿한. 몇 개의 정물이 놓여 있는 식탁. 고요해 보여서 좋구나. 봄의 시작. 꽃들은 피어나고. 새들은 날아오르고. 주어 없는 시간들. 노래 부르는 목소리를 들었다. 길게 이어지다 끊어지는. 끊어지다 다시 이어지는. 네 연약한 내면을 읽고 있는 듯한 기분이 든다. 예측하지 못하는 순간에 다시 시작되는. 노래들. 대화들. 기억들. 정화된다는 것은 이런 것인가. 너를 통해서 나를 본다는 것은 이런 빛깔인가. 멀리서 손 내밀고 있었던 것을 뒤늦게 안다는 것은. 멀리서 이미 다가왔던 얼굴을 뒤늦게 본다는 것은.

기억은 중첩된 채로 펼쳐지고. 수면 위로 검은 잉크 한 방울이 떨어진다. 꿈속의 꿈임을 알아차리는 순간 꿈밖으로 사라지는 꿈들 속에서. 물 위에서 일렁이는 검은 그림자. 같은 음역대를 가진 소리는 서로가 서로의 몸이 되어 공간을 가로지르고 사물을 이동시킨다. 사물의 표면을 가진 너는 음파의 감각으로 내게 다가온다. 그리고 갑작스런 숲의 출현. 음지와 양지의 공작을 어느 날의 꿈처럼 우연히 발견하지. 반복되는 꿈속에서. 그 꿈속에서. 아주 어린 시절부터 기다려왔던. 그 공작을. 기다리고 기다리고 기다렸지. 그 길고 긴 꼬리가 활짝 펼쳐지기를. 그 날개 그늘에 얼굴을 파묻을 수 있도록. 그 모든 시간들로부터 도망쳐 남김없이 숨을 수 있도록. 숨김없이 남을 수 있도록. 그러나 유년의 뜰을 서성이던 공작은 바닷가 마을을 떠나는 날까지도 꼬리를 펼치지 않았지. 공작을 가둔 허술한 철조망 너머로 몇 개의 돌을 던져 넣는 걸로 어떤 유년은 끝이 난다.

그리고 다시 꿈속에서. 공작이. 그 공작이. 유년의 공작이. 음지와 양지를. 천천히. 거의 유령처럼. 거닐듯 가만히 서 있는 모습을. 보았지. 만졌지. 들었지. 그러나 공작은 여전히 꼬리를 펼치지 않았고. 이 세계에서 분명한 것은 오직 기미와 전조뿐이라

는 듯이. 그 자신의 유령이 되어. 길게 길게 제 그림
자를 끌고 가고 있었지. 공작은. 음지와 양지의 공작
은. 사라지듯 멈춰 서 있었고. 시간은 흐른다. 믿을
수 없는 말처럼. 시간은 흐른다. 바라볼 수 없는 빛
처럼. 그리고. 그것이. 무언가가. 사라지듯 멈춰 서
있었던 것이 아니라. 멈춰 서 있듯 사라지고 있었다
는 것을. 그것이 서로 다르지 않은 말이라는 것을 알
았을 땐. 이미 늦어버렸고. 두 번 다시 만날 수 없는
한순간의 빛 속에서. 맡자마자 사라지는 냄새를 붙
잡는 심정으로. 번쩍이면서 아프게 눈을 찔러 오는
녹청빛 깃털의 보드라움을 부질없이 끌어당기듯이.
그러니까. 아직도 내게. 여전히 내게. 그리운 것이 남
아 있었나. 그리움이라는 감정이. 기다림이라는 감정
이. 어떤. 그래. 그 어떤 감정이. 잠에서 깨어나서도
한동안. 울었지. 웃었지. 사라졌어. 지워졌어. 그러니
까 그것은. 뭐랄까. 그것은.

나선의 감각
— 역양

 그 꿈에서 나는 작고 검은 것이었다. 희고 소리 나는 것이었다. 작고 검은 소음. 혹은 희고 둥근 침묵. 꿈속에서의 내 얼굴은 분명하지 않았다. 꿈밖에서와 마찬가지로. 너는 자꾸만 돌아오고 있었다. 너는 내게로 자꾸만 돌아오고 있었다. 본 적이 없는 얼굴이었지만 나는 너를 피부처럼 느끼고 있었다. 우리는 숲 속에서 무언가를 기다리고 있었다. 우리는 은과 놋으로 예물을 드리는 자들을 기다려야 한다. 우리는 우리가 잘 알고 있는 것을 찾으러 왔다. 너는 말한다. 기다림은 언제나 내게 익숙한 자세였습니다. 나는 말한다. 나뭇가지는 사방으로 자라나고 있었다. 무한함 속에서. 폭풍의 하늘을 뒤덮으며 사라지는 구름의 속도로. 나는 끝없이 뻗어나가는 나뭇가지를 바라보고 있었다. 식물이 자라나는 속도를. 무언가가 사라져가는 현재를. 언제나 그것을 분명하게 목격하기를 바랐었다. 모든 것을 그대로 놓아두어라. 각자의 형상 그대로 허용하여라. 사물에 대해 판단하기를 멈추어라. 무질서하게 뻗어나가던 나뭇가

지 속에서 문득 아름다운 규칙을 알아차리듯. 더할
수 없는 자연의 경이를 발견하게 될 것이다. 너는 말
한다. 나는 고개를 끄덕인다. 우리는 앞서거니 뒤서
거니 걸어간다. 어떤 말을 주고받으며. 어떤 침묵 속
에서. 지금은 기억나지 않는 그 말을. 사건 없는 사
건들 속에서. 잊을 수 없는 소리와 빛깔을 기억해내
듯이. 완전한 망각 속에서. 우연이 만들어내는 무분
별한 아름다움 속에서. 우리는 숲길을 걸어간다. 청
색과 홍색. 혹은 흑색과 자색 실이 드리워진 나무들
을 스쳐 지나가면서. 흩날리며 흔들리는 것은 슬프
군요. 세계의 끝이 넘실거리고 있군요. 나뭇가지 사
이로 젖은 책들이 널려 있었다. 반짝이는 햇빛 아래
무수한 책들이 부풀어 오르고 있었다. 한 권 한 권
차례차례로. 그것들은 거대하고도 단단한 집으로 변
하고 있었다. 단 하나의 집. 아니 단 한 권의 책. 줄
줄이 늘어선 나무들은 어쩐 일인지 하나같이 깊게
긁힌 자국을 가지고 있었다. 그것은 누군가의 오랜
상처처럼 보였다. 움푹 파인 나뭇가지마다 물방울

이 모여든다. 모여든 물방울이 흘러넘친다. 방울방
울 떨어진다. 하나의 물. 하나의 말. 하나의 공기. 하
나의 열기. 떨어진 물방울이 바닥으로 스며든다. 흙
속으로 스미는 순간 그것들은 물이라는 고유의 성질
을 잃어버린다. 잊어버린다. 정오의 햇빛이 스러진다.
한 코 한 코 성기게 짠 편물의 듬성한 무늬처럼. 벌
레 먹은 나뭇잎 구멍 사이로. 하나하나의 세계가. 알
알이 들어차 있었고. 그것은 한 번도 본 적 없는 이
상하고도 아름다운 격자의 세계였다. 오래된 새로
운 세계가 손 안에 잡히는 것만 같았다. 하지만 무의
식이 꿈의 단면에 끌칼로 새겨 넣은 그 깊은 자상을
해독하기엔 나의 문장은 어눌하기 그지없었고. 우리
는 걸어간다. 나란히 걸어간다. 은과 놋으로 예물을
드리러 오는 자들을 기다려야 한다. 너는 다시 말한
다. 그러나 그 어디에도 사람은 보이지 않는다. 이름
모를 짐승들이 소리 없이 지나간다. 소리 없는 것들
의 형상을 보여주기라도 하겠다는 듯. 바람은 나무
를 흔든다. 바람은 나무를 흔들고 흔든다. 이 거리에

서 저 거리로. 저 거리에서 이 거리로. 우리는 끝없이 걸어간다. 나무는 어제보다 조금 더 자란다. 구름은 어제보다 조금 더 죽는다. 드문드문 빈자리를 본다. 꿈이었을까. 꿈이 아니었을까. 세월이라 부를 수 있을 만한 물리적 시간은 얼마만큼일까. 전날 밤 나는 오래 길렀던 개를 잃었고. 개와 함께 했던 세월이. 일순간에. 한꺼번에. 사라진다. 개는 뜬눈으로 죽었고. 오래도록 눈멀었던 나의 늙고 아름다운 개는. 그가 한평생 보아왔던 어둠보다 더 많은 어둠을. 더 깊은 어둠을. 누구도 보지 못한 환한 어둠을. 잿빛을 향해 나아가는 잿빛을 보았는지도 모르겠고. 흰 천에 싸인 채. 굳은 몸이 다시 부드러워질 때까지. 해는 멈추지 않았고. 멈추지 않은 만큼 세월은 흐르고 흘러. 다시 날이 밝았고. 꿈에서 깨어났을 때. 나는 그 작고 검은 것에 대해 말해야만 한다고 생각했고. 기름과 향을 가져왔으니 이제 무엇을 해야 할까요. 은과 놋으로 예물을 드리러 온다는 자들은 여전히 나타나지 않았고. 숲은 끝없이 멀어지고. 끝없이 이어지고. 나는 이 소실점의 거리를 너무나도 오래도록 보아왔으며. 앞으로도. 내내. 영원토록. 이 길을 걸어가리라는 예감에 사로잡혔고. 그것은 슬픔과도 유사한 감정이었고. 무언가가 사라진 날짜 위에 그려둔 작고 검은 동그라미는 점점 희고 둥근 입말로 변해가고 있었고. 이제 내게는 언제든 찾아갈 작은 무덤 하나가 생겼다. 꿈속에서도 그 사실이 슬프게 기뻤고. 기쁘게 슬펐고. 나는. 이 그리움을. 이 기다림을. 그만둘 수 있다. 나는 꿈속의 꿈속에 놓여 있다. 자각몽을 꿀 때처럼. 일순간 높다란 언덕 위에 서서. 아무렇지도 않은 듯 까마득한 저 아래를 담담히 내려다보면서. 날아가라. 날아가라. 혼잣말을 하면서. 너는 그 수풀 속에서. 흰옷을 입고. 짐승의 흰 뿔로 만든 길고 가느다란 나팔을 불면서. 너도 이미 알고 있겠지만. 이 세계의 책들은 문자로 만들어진 것이 아니라. 소리와 색깔로 이루어져 있음을. 아니. 소리와 색깔의 여백으로 가득 차 있음을. 네가 그 소리에. 그 빛깔에. 귀 기울일 수 있다면. 눈 열릴 수 있다면. 너의 페이지는 또 다른 페이지로 건너뛸 텐데. 저기 저 소실점 너머로 사라지는 나무들처럼. 아득한 저 너머로 건너갈 수 있을 텐데. 너는 거리의 저 끝에서 눈물처럼 번지듯 은빛으로 서서히 사라져가고 있었고. 나는 작고 검은 글씨처럼. 혹은 희고 둥근 음표처럼. 한 줄에서 또 다른 한 줄로. 위에서 아래로. 왼쪽에서 오른쪽으로. 조금씩 조금씩 나아가고 있었고. 그때. 나뭇가지 위의 무수한 책들 중 하나가 바닥으로 떨어졌고. 펼쳐진 페이지 너머로 어떤 낱말 하나가 부풀어 오르기 시작했고. 역양. 곧이어 나무둥치마다 새겨진 저마다의 자상들 위로 교묘하게 감춰진 약호들이 줄줄이 드러나기 시작했고. 은과 놋을 든 사람들이 모여들기 시작했고. 등불과 향유와 거울과 몰약의 시절로 되돌아가듯이. 역양. 생의 비밀이란 보란 듯이 활짝 펼쳐져 있는 책처럼 단순하고도 선명하게 이미 드러나 있었음을. 당연하다고 믿어왔던 그 믿음들 사이의 균열을. 그 틈새들 속에서 흘러넘치는 물방울의 표면을 읽어 내려가는 것. 그것이야말로 내가 읽고 싶은. 내가 쓰고 싶은. 단 한 줄의 문장이라고 생각하면서. 수풀에서 수풀로 건너뛰듯이. 꿈속에서 꿈 밖으로 걸어 나왔고. 깨어나 책상으로 가 앉았고. 역양. 언제나처럼 꿈속에 두고 온 너의 얼굴은 분명하지 않았고. 너의 소리를. 너의 색깔을. 제대로. 온전히. 적어 내려갈 수 있기를 간절히 바랐고. 오래전 내가 썼던 페이지들을 펼쳤을 때. 역양. 그 익숙하고도 낯선 낱말 하나를 다시 발견했고. 꿈속에서처럼 페이지는 비어 있었고. 그 낱말의 뜻을 다시 헤아리기 위해. 찾아 헤맸던 빈자리를 다시 한 번 만지기 위해. 다시 한 번 쓰다듬기 위해. 다시 한 번 채우기 위해. 나는 책상 위로 고개를 숙인다.

나선의 감각
— 음

들려온다. 하나의 음이. 하나의 목소리가. 태초 이
전부터 흘러왔던 어떤 소리들이. 이름을 붙여주기
전에는 침묵으로 존재했던 어떤 형상들이. 너는 입
을 연다. 숨을 내뱉듯 음을 내뱉는다. 성대를 지나
는 공기의 압력을 느낀다. 하나의 모음이 흘러나온
다. 모음은 공간과 공간 사이로 퍼져나간다. 위로 아
래로 오른쪽 왼쪽으로. 사방으로 퍼져나가며 진동한
다. 음은 비로소 몸을 갖는다. 부피를 갖고 질량을
갖는다. 소리는 길게 길게 이어진다. 길게 길게 이어
지다 끊어진다. 끊어지다 다시 이어진다. 어떤 높이
를 가진다. 어떤 깊이를 가진다. 너는 허공을 바라본
다. 높은 곳에서 쏟아져 내리는 빛을 보듯이. 구석구
석 음들이 차오른다. 차오르는 음폭에 비례해 공간
이 확장된다. 너는 귀를 기울인다. 저 높은 곳에서부
터 내려오는 신의 목소리라도 듣듯이. 목소리는 말
한다. 목소리는 목소리 그 자체로 말한다. 신의 목소
리가 신의 말씀보다 앞서듯이. 소리의 질감이 소리
의 의미를 압도하듯이. 너는 음의 세례를 받으며 빛

의 세계로 나아간다. 다시 음들이 이어진다. 너는 입을 다문다. 네 입속에 머금고 있던 음들을 네 몸속으로 흘려보낸다. 음들은 이제 너의 몸이 된다. 너는 네 몸속을 떠돌고 있는 그 소리들을 듣는다. 길게 길게 이어지는 그 길들을 본다. 한 마디 한 마디 묵묵한 침묵으로 이어지는 그 무수한 발걸음들을. 너는 사물들이 나아가는 그 모든 궤적을 떠올린다. 땅속 먹이를 찾아 헤매는 흰개미의 이동 경로를. 캄캄한 고속도로 위를 달리는 자동차 불빛의 지속적인 흔들림을. 담장 위로 자라나는 덩굴풀의 안간힘을. 이른 아침 숲 속에서 들려오는 새 울음의 진폭을. 수면 위로 번져가는 안개의 느린 움직임을. 물속으로 풀어져 내리는 검은 물감의 목적 없는 춤사위를. 자석과 철가루가 그려내는 인력과 척력 사이의 어쩔 수 없는 친연성을. 집단으로 이동하는 사막 메뚜기들의 기나긴 여로를. 드넓은 바다를 헤엄쳐가는 고래 떼의 여유로운 포물선을. 너는 보이지 않는 그 길들을 본다. 점선으로 이어지는 그 궤적의 호흡을 듣는다.

그 점선과 점선 사이의 여백은 음과 음 사이의 침묵을 닮았다. 너는 사물과 세계가 고요히 움직이며 제 존재의 비밀을 덧입는 시간들을 상상한다. 너는 누군가에게 목소리를 건넨다. 목소리 위에 어떤 의미를 얹는다. 너만의 고유한 목소리로 무언가를 말한다. 나무가 흔들리듯이. 구름이 흐르듯이. 바람이 불어오듯이. 그러나 네 말의 의미는 중요하지 않다. 어딘가에 먼저 가닿는 것은 네가 전하는 의미보다는 네가 내뱉은 음들 고유의 성조와 고저와 장단이다. 바로 너의 내면이다. 호흡이다. 울림이다. 감정이다. 호소이다. 너는 네 속에서 들려오는 그 모든 소리들을 기록한다. 누군가의 입을 빌려 말하듯 너는 그 무수한 목소리들을 받아 적는다. 이것이 바로 내시다. 어찌하여 그토록 오랜 세월 동안 같은 사물들이 같은 듯 다르게 표현되어왔는지 또 다르게 표현되어야만 하는지. 너는 네 몸속의 소리길을 따라가며 깨닫는다. 어렴풋이. 그러나 명확하게. 이것이 내시다. 너는 다시 한 번 말한다. 약간의 체념을 간직한 채 너는 다시 한 번 말한다. 말하고자 하는 그것에 가닿기 위해. 지속적인 불협화음을 관통해나가면서. 완전한 조화에 도착하기 위해. 끝없이 다가갈수록 끝없이 멀어져가는 아주 가까운 그곳을 향해. 너는 음 위에 음을. 음 위의 음에 또 다른 음을 쌓아나간다. 도 위에 미를. 미 위에 솔을. 레 위에 파를. 파 위에 라를. 라 위에 도를. 그러다 너는 경악한다. 완전5도 혹은 완전7도음을 구성하고 있는 그 음들이 조화로운 협화음을 만들기 위해 어떤 식으로 파열과 균열을 감당하고 있는지. 얼마나 많은 올림표와 내림표를 매어단 채로 각각의 음들 사이에서 균형을 맞춰나가고 있는지. 너는 이 놀라운 수학의 세계에 감탄한다. 네가 가진 음들은 이제 음악으로 진입한다. 너의 손가락은 건반과 건반 사이를 거닐고 지판과 지판 사이를 더듬는다. 너는 악기의 높은음자리와 낮은음자리를 이리저리 이동해가면서 다른 자리에 놓여 있는 같은 소리들을 찾아낸다. 반복적인 연습으로 악기의 음계를 이해한다. 어찌하여 G코드

와 Em코드의 색깔이 유사한지. 어찌하여 A코드가
F#m코드와 동일한 음조를 지니는지. 너는 음을 덧
입으며 차츰차츰 음의 몸으로 다가간다. 너의 감정
은 좀더 다양한 음의 변주 위로 내려앉는다. 너의 내
면은 좀더 풍요로운 음들을 끝없이 불러들인다. 어
울리는 소리들을 찾아 한 소절 한 소절 전진해나간
다. 비로소 진정한 음악의 세계로 나아간다. 안정된
톤으로 시작되어 약간 불안정한 단조의 분위기로.
다시 조금 더 불안한 음으로 나아갔다 처음의 안정
된 음으로 다시 돌아온다. 이렇게 음악의 보편적인
구조는 집을 나간 탕자가 집으로 다시 돌아오는 것
과 같은 형식을 띠곤 한다. 어떤 시원을 향해 발원하
는 기도로 시작되어 무수한 시련을 통해 오랜 기도
가 응답받는 구원의 구조로. 그러나 네가 불러들이
는 음들은 어쩐 일인지 여전히 들판을 헤매고 있다.
너의 목소리는 언제나 떠돌이의 집을 짓는다. 떠돌
이의 집을 짓고 다시 허문다. 멀리멀리 항해를 떠났
다 안전한 집으로 돌아오는 보편적인 음보 대신 너

의 음들은 여전히 끝없이 끝없이 헤매고 헤맨다. 젊은 탕자는 늙어서도 여전히 탕자다. 젊음을 간직하고 있는 늙은 탕자가 아니라 늙은 채로 다시 젊어진 탕자. 이것이 바로 내 시다. 아주 가까운 곳에서. 아주 가까운 그곳으로. 들려온다. 하나의 음이. 하나의 목소리가. 너는 그 모든 사물의 고유한 진동을 듣는다. 홀로 울 수 없는 그 소리의 발원지를. 그 무수한 관계의 호흡을. 너는 응시하고 응시한다. 다양한 환경과 구조 속에서 사물과 사물이 어떤 식으로 파탈하는지. 어떤 식으로 파열되는지. 어떤 식으로 마찰하는지. 그러면서 또 그것들이 어떤 방식으로 스미듯 접히는지도. 너는 건반 위에 손을 얹어 몇 개의 어울림음 혹은 불협화음을 두드린다. 여러 개의 음이 동시에 혹은 순차적으로 울리다 단 하나의 음으로 점점 사라진다. 너는 그것을 듣는다. 존재와 존재의 어울림을. 사물과 사물 간의 대화를. 울림과 울림 사이의 침묵을. 한 번도 듣지 못한 내면의 음을 듣는 것. 한 번도 보지 못한 사물 간의 어울림 혹은 불협을 보게 되는 것. 의미 이전의 소리를 찾아 제속의 소리길을 따라나섰다 의미 너머의 어떤 본질을 발견하게 되는 것. 다시 음이 이어진다. 다시 어떤 음이 들려온다. 너는 네 마음을 아프게 찌르는 어떤 목소리를 듣는다. 너는 누군가의 얼굴을 떠올린다. 네 이름을 부르던 오래전 누군가의 얼굴을. 그의 입에서 길게 길게 끌리며 사라지던 너의 이름을. 한결같은 톤으로 발음하던 그의 음성을. 그 음성 속에 새겨져 있는 그의 내면을. 그 얼굴은 그 자신의 목소리와 함께 오랜 시간을 건너왔다. 이제 너는 그의 얼굴보다 그의 목소리가 좀더 많은 의미를 지닌다고 생각한다. 입김과도 같은. 한숨과도 같은. 탄식과도 같은. 오랜 시간이 흘러 너를 울게 하는 것은 그의 얼굴이 아니라 그의 목소리일 것이라고 너는 생각한다. 너는 현재에 서서 과거의 얼굴 위로 미래의 목소리를 불러들여 덧입힌다. 다시 돌릴 수 없는. 다시 들을 수 없는. 음이 이어진다. 다시 이어지다 끊어지고 다시 이어지다 끊어진다. 들리는가. 이 음들이.

너에게로 나에게로 전해지는 이 사물의 무수한 진동
이. 사라져가며 다시 울리는 이 끝없는 존재의 증명
이. 매 순간 처음처럼 울리는 이 거대한 침묵이.

왜냐하면 우리는 우리를 모르고

매일매일 슬픈 것을 본다. 매일매일 얼굴을 씻는다. 모르는 사이 피어나는 꽃. 나는 꽃을 모르고 꽃도 나를 모르겠지. 우리는 우리만의 입술을 가지고 있다. 우리는 우리만의 눈동자를 가지고 있다. 모르는 사이 사라지는 꽃. 꽃들은 자꾸만 바닥으로 떨어졌다. 사물이 거울에 보이는 것보다 가까이 있습니다. 그 거리에서 너는 희미하게 서 있었다. 감정이 있는 무언가가 될 때까지. 굳건함이란 움직이지 않는다는 말인가. 움직이지 않는다는 것은 오래오래 믿는다는 뜻인가. 꽃이 있던 자리에는 무성한 녹색의 잎. 녹색의 잎이 사라지면 녹색의 빈 가지가. 잊는다는 것은 잃는다는 것인가. 잃는다는 것은 원래 자리로 되돌려준다는 것인가. 흙으로 돌아가듯 잿빛에 기대어 섰을 때 사물은 제 목소리를 내듯 흑백을 뒤집어썼다. 내가 죽으면 사물도 죽는다. 내가 끝나면 사물도 끝난다. 다시 멀어지는 것은 꽃인가 나인가. 다시 다가오는 것은 나인가 바람인가. 사람을 믿지 못한다는 것은 자신을 믿지 못한다는 것이다. 거짓

158

말하는 사람은 꽃을 숨기고 있는 사람이다. 이제 우리는 영영 아프게 되었다. 이제 우리는 영영 슬프게되었다.

밤이 흐를 때 우리는

밤이 흐를 때 우리는 밤이 흐를 때 우리는 흰 것으로 말하기 흰 것으로 말하기 밤이 흐를 때 우리는 밤이 흐를 때 우리는 검은 것으로 말하기 검은 것으로 말하기 두 번씩 말하기 두 번씩 말하기 음영과 굴곡으로 리듬과 기미로 물러나기 물러나기 다가가기 다가가기 다시 한 번 더 말하기 다시 한 번 더 말하기 밤이 흐를 때 우리는 밤이 흐를 때 우리는 무엇을 말할 수 있는지 묻지 않으며 묻지 않으며 다만 노래하기 다만 노래하기 끊임없이 끊임없이 되풀이하여 되풀이하여 주저하며 주저하며 망설이며 망설이며 전진을 후진으로 후진을 전진으로 밤이 흐를 때 우리는 밤이 흐를 때 우리는 받아 적기 받아 적기 다가가면서 물러나는 것을 물러나면서 다가가는 것을 실현하면서 실천하면서 취소하면서 취사하면서 밤이 흐를 때 우리는 밤이 흐를 때 우리는 겹으로 말하면서 겹으로 말하면서 겹으로 사라지듯이 겹으로 사라지듯이 어디서 흘러와서 어디로 흘러가는지 뒤돌아보지 않으며 뒤돌아보지 않으며 나아가기 나

아가기 돌아가기 돌아가기 한 발 더 한 발 더 밤이
흐를 때 우리는 밤이 흐를 때 우리는 첫 문장을 기
다리면서 마지막 문장을 지워나가듯 마지막 문장을
기다리면서 첫 문장을 지워나가듯 밤이 흐를 때 우
리는 밤이 흐를 때 우리는

이것이 우리의 끝은 아니야

우리가 우리의 그림자로 밀려날 때 저 밑바닥으로 부터 번져오는 것은 무엇인가. 우리가 우리의 어둠으로 몰려갈 때 저 하늘로부터 내려오는 것은 무엇인가. 뒷모습은 뒷모습으로 말한다. 뒷모습은 뒷모습으로 사라진다. 우리는 우리의 뒷모습으로 살아남아 오래전 그 해변을 걷고 있다. 그 옛날의 우리로서 오늘의 이 해변을 걷고 있다. 누군가의 손이 누군가의 손을 잡았을 테고. 누군가의 마음이 누군가의 마음을 두드렸을 테고. 누군가의 눈이 누군가의 눈을 지웠을 테고. 누군가의 말이 누군가의 말을 뒤덮을 테고. 노을은 우리의 뒤쪽에서부터 서서히 몰려왔고. 서서히 물들었고. 서서히 물러났고. 우리는 서로가 누구인지 보려고 서로의 얼굴을 바라보았다. 마치 처음 보는 사람처럼. 마치 죽어가는 사람처럼. 언덕. 둔덕. 언덕. 둔덕. 언덕. 둔덕. 언덕. 둔덕. 한 걸음씩 내디딜 때마다 진창에 빠지는 기분으로. 울음. 물음. 울음. 물음. 울음. 물음. 울음. 물음. 한 마디씩 내뱉을 때마다 점점 더 물러나는 기분으로. 그때에도. 이미. 벌써. 여전히. 아직도. 이것이 우리의 끝은 아니라고 믿는 마음이 있었을 테고. 순도 높은 목소리 사이사이로 몇 줄의 음이 차례차례로 울렸을 테고. 뒤가 없는 듯한. 이미 뒤가 되어버린 듯한. 어떤 나지막한 목소리 사이사이로. 어떤 풍경이. 어떤 얼굴이. 어떤 기억이. 어떤 울음이. 점점이 들렸을 테고. 귀신에 들리듯. 바람에 날리듯. 어딘가에서 어딘가로. 너는 지금 사라져가는 무언가를 보고 있다고. 너는 지금 사라져가는 무언가를 듣고 있다고. 사라지는 것과 사라지는 것 사이. 그 사이와 사이. 다시 그 사이와 사이사이의 사이. 사라지는 이 순간만이 오직 아름답다고. 우리가 우리의 목소리로 사라질 때 저 너머에서 다가오는 것은 무엇인가. 밤은 밤으로 다시 건너가고 있는데. 하루는 하루로 다시 기울고 있는데.

리듬의 프락시스, 목소리의 여행

조재룡

의미(意味)를 만들어가는 과정 자체로만 오로지 세 시의 특수성을 성취하고자 하는 시인이 있다. 시는 요약될 수 없으며 단일한 해석에 갇히지 않아 어디론가 늘 빠져나가는 말이라는 것일까? 이제니의 시가 지극한 모험의 반열에 올라설 수 있는 것은 의미에 붙들리는 대신, 낱말과 낱말, 구문과 구문이 관계를 맺어 생성된 특수한 시적 언어로, 제 고유한 호흡을 길어 올릴 순간까지 기다릴 줄 알기 때문이다. 의미를 유보해내는 저 무한의 과정을 담아내려 하면서, 그는 삶의 수많은 결들을 순결한 문장으로 포섭해내고, 지금−여기로 끌고 와 언어의 기이한 운동처럼 우리에게 선보인다. 의미는 벌써 폭력적이다. 형식의 반대말, 그러니까 내용과 엇비슷한 용어가 되어버렸기 때문이다. 시에서 의미를 고집하는 것이 어떤 강박이나 통념의 소산일 수 있다고 생각하는 시인에게, 언어를 초월하여, 언어를 벗어나, 별개로 생겨나는 의지나 진리는 있을 수가 없다. 구조주의가 상정했던 보편적인 문법도 이 시인에게 허구처럼 보이기는 마찬가지이다. 의미가 생성되는 과정 자체를 놓치고서 엿보았다고 말하는 진리나 보편성은 헛된 환상이나 과도한 확신에 근거해 세상을 함부로 설명하려는 지배의지의 발현일 뿐이다. 소통 역시 너무나 편리한 방식으로 삶의 수많은 가능성을 몇 가지 도식으로 축소하면서, 말로 존재할 미지의 세계를 일시에 취하해버리는 이데올로기에 지나지 않을 것이다. 말이 단순히 의미를 전달하는 데 복종하거나 소통을 도모하는 느슨하고 편리한 수단이라는 논리 앞에서, 그러나 시가 무기력하게 백기를 들지 않는다고 믿는 시인은, 차라리 전진하고, 멈추고, 다시 전진하는 말의 잔치에 참여하는 한없이 고통스러운 길 위에, 제 실존과 고독의 그림자를 내려놓으려한다. 어떤 의도를 가지고 고정적인 역할을 말에 할당하고 그 소략한 범주 내에서 크고 작은 주장을 들먹이며 작위의 세계를 멋지게 궁굴리는 것이 아니라, 말이 주인이 되도록, 말이 활달하게 뛰어놀도록 놓아두는 저 프락시스의 전위에 서서, 오로지 의미를 만들어가는 과정으로만 시의 특수성을 성취하고자 하는 그에게, 시는 그러니까, 요약될 수 없는 어떤 상태이자 순간에 솟아오르는

정념, 차이로 빚어지는 미지의 감성이자 단일한 해석에
붙들리지 않는 중층적 운동일 것이다. 여기서 이 보어들
의 주어는 물론 말, 즉 언어다. 이제니에게 시는 말의 운
동에 있어서, 가장 첨예한 상태를 고지하기에, 아직 발
화되지 못한 낱말들과 문장들의 잠재력을 흔들어 깨울
미세한 차이와 순간을 놓치지 않으려 할 때, 그렇게 이
제 막 사라지거나 달아나려는 무언가를 기록해낼 때만
비로소 당도할, 미지의 사건일 것이다. 시적 주체는 바
로 이 미지의 사건과 크게 다르지 않다. 시가 되는 힘,
시의 힘, 시가 만들어지는 동력은 그러니까 이미 어딘가
에 있을, 선행되어 있는 무엇일 수 있으며, 이제니는 그
상태를 적시해낼 수 있을 때까지 지극한 모험의 반열에
올라, 제 살을 갉아먹고 영혼을 불태우며, 잘 알아주지
않는 고독한 투쟁을 마다하지 않는다. 그는 개별 낱말이
나 고립된 문장에 희망을 품는 것이 아니라, 말의 뭉치
들이 서로 협업을 전개하는 관계의 장으로 시가 들어설
때까지, 덧붙이고 지우기를 쉼 없이 반복하며, 무언가를
기다리고, 끝내 제 시에 방점을 내려놓으려는 사람, 그
런 다음, 잦아들 어떤 사태에서 시의 미래를 목도하고자
제 자신을 걸고서 두려운 내기를 하는 시인이라고 해야
한다.

　이제니 시인에게 중요한 지점은 기다림에도 있다. 의
미를 유보하려는 그의 노력이 아직 당도하지 않은 저 말

들에서 빚어진 사태를 우리에게 내려놓고, 그 사태가 야기한 말의 포화, 그러니까 무한의 과정에 진입하고 나면, 그것으로 시가 종결을 고하는 것이 아니라, 지금-여기의 백지 위에서 여전히 침묵하고 있던 것들이 발화되면서, 우리 삶의 수많은 결들과 새로운 감정들, 사물의 본질적인 민낯과 날것 그대로의 목소리가 말의 기이한 물결을 타고서 우리 앞에서 한없이 넘실거릴 것이기 때문이다. 이제니가 언어의 '정동성affectivity'이라는 저 미답의 영역에 시의 깃발을 힘차게 꽂는 순간은, 미처 마련하지 못한 눈을 들어 우리가 우리 자신의 주위를 돌아보고, 사물과 세계를 새롭게 사유하며, 우리의 기억과 언어를 되돌아보게끔 어딘가로 빨려 들어가는 순간이기도 하다는 말을 부기해야겠다.

1. 리듬-운동

말의 운동은 무엇인가? 언어가 생존하는 방식이다. 말이 조직되는 과정이 바로 말의 운동이다. 말의 운동은 자유롭게 쓴 말과는 다르다. 따라서 기본 형태가 얼어붙어 있는 것 같고 단순한 반복에 기댄 것으로 보이는 작품에서조차, 시의 힘이, 시라는 힘이, 어떤 운동을 생성해내며 활동 중이라는 사실은 간과될 수 없다.

달과 부엉이는 가깝다. 기억과 종이는 가깝다. 모자와
사과는 가깝다. 꽃과 재는 가깝다. 모래와 죽음은 가깝다.
나무와 열매는 가깝다. 수풀과 슬픔은 가깝다. 눈물과 바
람은 가깝다. 구름과 어둠은 가깝다.

—「달과 부엉이」 부분

　말의 힘은 삶을 지속시키는 현재의 상태에 만족하는
것이 아니라, 오히려 호시탐탐 기회를 엿보며 언제고 미
지의 세계로 우리를 끌고 가려고 예비한다. 주목해야 할
것은 오히려 실사(實辭)가 아니다. 단순히 반복된 형용
사 '가깝다'가 반복 그 이상 아무것도 아니라고 생각할
수도 있을 것이다. 그런데 시는 이런 불가피한 물음을
제기한다. 반복된 '가깝다'의 값은 일정한가? 그 값을 결
정하는 것은 무엇인가? 그것은 '가깝다' 자체가 아니라,
'가깝다'를 행하는 주어들에 달려 있을 뿐이다. 이렇게
'가깝다'는 반복된 구조 속에서 동일한 무게를 내려놓을
것 같은 착각을 불러일으키지만, 수많은 실사들에 의해
서만 오로지 제 값이 결정될 잠재태, 즉 의미를 부여받
기 이전의 상태로만 존재할 뿐이다. 심지어 이 작품에서
'가깝다'는 무한한 거리의 가능성조차 노정한다. 왜 그
럴까? 실사들 사이의 거리가, 서로 결속되는 그 자장이,
매우 주관적이기 때문이다. 당신이라면 "달과 부엉이는

가깝다"와 "기억과 종이는 가깝다"의 '가깝다'에서 심적 거리를 동일하게 유지할 수 있겠는가? 아홉 차례 반복된 '가깝다'는 따라서 아홉 개의 상이한 거리를 취하고 있는 것으로 봐야 한다. 'A와 B는 가깝다'는 식의 형태로 반복되었지만, 운동이라는 전제하에서, 각각의 문장은 고유한 제 질서, 상이한 특수성을 포기하지 않는다. 오히려 유사성은 반복이 아니라, 다른 곳에서 찾아야 할지도 모른다. "가깝다"의 주어들을 살펴보자. "달과 부엉이"는 밤 풍경에서 유추한 것이며, "기억과 종이"는 글쓰기, "모자와 사과"는 어느 한 폭의 회화, "꽃과 재"는 장례식장, "모래와 죽음"은 불모성이나 고립, "나무와 열매"는 자연과의 친연성에서 모색된 것이라는 추정이 가능하다. 그렇다면 "수풀과 슬픔"이나 "눈물과 바람" "구름과 어둠"은 어떤 연관성을 지니는가? 이 둘은 어떻게 서로가 서로에게 가까워질 수 있겠는가? 바로 여기에 시적 주관성이 강력하게 개입한다. 이전까지 실사들 사이에서 유지되었던 의미의 연관성에서 벗어나, 음성적 동질성으로 견인된 유사성("수풀"-"슬픔" "눈물"-"바람" "구름"-"어둠")[1]이 고유한 시적 논리로 작동하기

---

1) 한글은 서양 알파벳처럼 음소문자를 하나씩 나열하여 표기하지 않는다. 음절 단위로 네모나게 모아서 쓸 뿐이다. 따라서 음소 각각의 분석보다, 음소가 음절 안에서 어떤 기능을 취하는지, 그 근사치로 추정하는 작업이 요구된다.

시작하면, 시에서 의미는, 의미의 차이 그 이상을 보존해내지 못하고 곧 붕괴되고 만다. '가깝다'는 바로 이렇게 해서, 의미가 아니라, 의미의 차이로 빚어진 주관적인 거리를 표정하는 시적 지표인 것이다.

너는 쓴다. 손가락에 물을 묻혀 쓴다. 몇 줄의 문장을. 몇 줄의 진실을. 몇 줄의 거짓을. 거짓 속의 진실을. 진실 속의 환각을. 환각 속의 망각을. 망각 속의 과거를. 과거 속의 현재를. 현재 속의 미래를. 미래 속의 우연을. 우연 속의 필연을. 필연 속의 환멸을. 환멸 속의 울음을. 울음 속의 음울을. 음울 속의 구름을. 구름 속의 얼굴을. 얼굴 속의 어둠을. 어둠 속의 문장을. 다시 몇 줄의 문장을. 다시 몇 줄의 희미한 문장을.

돌아보는 사이 다시 가라앉는 돌

돌과 돌은 멀다. 달과 달은 멀다. 물과 물은 멀다. 말과 말은 멀다. 말과 물은 멀다. 물과 돌은 멀다. 돌과 달은 멀다. 달과 말은 멀다. 달과 달이라는 말은 멀다. 돌과 돌이라는 말은 멀다. 물과 물이라는 말은 멀다. 말과 말이라는 말은 멀다.

멀어지는 사이 다시 떠오르는 말

달아나는 사이 다시 사라지는 달

―「달과 돌」 부분

시에서 반복은 없다. 똑같은 단어가 목격되어도, 낱말이 동일한 가치를 부여받는 것은 아니며, 실로 중요한 것은 낱말 자체가 아니라 그것의 쓰임이기 때문이다. "몇 줄의 진실"과 "거짓 속의 진실"에서 "진실"이 같은 가치를 지니지 않는다는 사실을 이제니처럼 잘 알고 있는 시인이 또 있을까. 그 쓰임이 오로지 그것의 사용 방식에 달려 있다고 할 때, 이제니는 이러한 사실을 적시하며 말의 운동성 하나에 의존해, 우리가 아직 포착하지 못했던 어떤 상태를 기술해내면서, 말이라는 것의 속성도 조용히 폭로한다. 말은 사물을 가둘 수 없으며, 이 자명한 사실로, 이제니는 말이 오로지 운동의 상태에 놓여 예기치 못한 감정을 우리 앞에 잠시 내려놓고 또 바삐 어디론가 이동할 뿐이라는 사실을 제 시에서 확인해내고, 결국 "멀어지는 사이 다시 떠오르는" 비결정적인 상태를 실현해내는 말의 모험을 과감하게 실험의 반열에 올려놓는다. 낱말의 고정된 의미를 분산시키고, 오로지 말의 운동에 의지해, 확정될 수 없는 무언가를 시인이 우리 앞으로 끌어올 때, 우리가 당도한 곳은 그럼 어디라고 해야 하는가? 이 작품에 국한한다 해도, 우리는 이를 표현할 적절한 낱말을 손에 쥐기 어려울 것이다. 그러나 오해는 말자. 그것은 모호함이나 무의미가 아니기 때문이다. 오히려 무언가 설명하기 어려운 상태에 빠져든다는 사실이 중요한데, 그 까닭은, "곳곳에서 동시에 미끄러지는/〔……〕보이지 않는"(같은 시) 지점을 표현하고자, 낱말을 고안하고 문장의 배치를 고심했다는 사실을 바로 이 무언가 설명하기 어려운 상태가 말해주기 때문이다. 시를 다 읽고서 우리가 받은 느낌이라고 에둘러 표현해볼, 고독이나 덧없음, 슬픔이나 사라짐 같은 말조차 오로지 근사치로 주어질 뿐이라면, 이제니의 시에서 의미는, 벌써 달아나는 의미, 미끄러지는 의미라는 사실도 좀더 사병해질 것이다. 오해하지 말아야 할 것은 또 있다. "멀다"라는 말의 반복에 힘입어 당도한 무정형의 감정과, 그 감정을 말로 비끄러매면서 사물과 그 사물을 지칭하는 말 사이의 불일치성을 그려낸 일련의 문장들은, 오로지 서로가 서로에게 화답을 하는 방식 속에서만 구동되고 또 존재할 수 있다는 점이다. 이제니의 시에서 말의 운동은, 단 하나의 낱말이나 문장도 고립된 상태에서 파악할 수 없다는 사실과 깊이 연관되어 있다. 따라서 모든 것이 서로 '멀다'라고 했지만, 이 '멀다'가 홀로 무언가를 지칭한다고 생각하거나, 제 의미를 오롯이 보존할 수 있다고 생각하는 것은 어리석은 일이다. 낱말과 낱말 사이, 문장과 문장 사이의 관계를 헤아릴 때만, 솟아오르는 무엇, 바로 그런 상태, 그러니까,

① 돌과 돌은 멀다. 달과 달은 멀다. 물과 물은 멀다. 말과 말은 멀다. 말과 물은 멀다. 물과 돌은 멀다. 돌과 달은 멀다. 달과 말은 멀다. 달과 달이라는 말은 멀다. 돌과 돌이라는 말은 멀다. 물과 물이라는 말은 멀다. 말과 말이라는 말은 멀다.

② 멀어지는 사이 다시 떠오르는 말

①에서 수차례 반복된 "멀다"는 "돌과 돌" "달과 달" "물과 물" "말과 말" "말과 물" "물과 돌" "돌과 달" "달과 말" "달과 달이라는 말" "돌과 돌이라는 말" "물과 물이라는 말"의 '멂'을 실현하는 단 하나의 형용사이면서, "말과 말이라는 말"을 증명하는 말, 즉 ②의 "멀어지는 사이 다시 떠오르는 말"의 자기-지시적 표현들인 것이다. ①은 이렇게 "멀다"를 표상하는 것이 아니라, "멀다"의 운동을 견인하면서, 말을 계속 움직이게 추동하고 미끄러지게 만드는 저 과정에서만 추정해볼 의미의 프락시스이며 ② 역시 독립적인 표현이 아니라 ①의 결과에서 빚어진 산물인 동시에 ①의 운동성을 실현해낸 구문이라는 사실을 강조해야겠다. 이제니는 아주 사소해 보이는 형용사나 술어 하나, 낱말 하나를 들고, 그것을 여기저기에 붙이고 묶고 엇대고 이접하며, 어떤 운동성

의 소산으로 이 모든 낱말들을 전환하여 새로운 세계를 일어나게 하고, 그렇게 하여, 언어가 활동하는 방식에 대한 시적 지식도 함께 담보해내면서, 문장과 문장, 말과 말, 말과 사물, 말과 세계가 맺는 관계에 가해진 단일성이라는 진부한 통념을 비판하는 곳으로 우리를 이끌고 간다.

　　모르는 사람의 모르는 얼굴을 떠올려본 적이 있습니까. 계속 걸어가겠습니다. 마음의 소리에 귀 기울일 수 있어야 합니다. 우리가 이웃에게 끼친 해악은 그림자처럼 우리를 따라다니게 될 겁니다. 어떤 부분집합들은 그 자체로 원소의 개수가 무한합니다. 밤하늘은 왜 밝지 않고 어둡습니까. 꽃병을 대신할 유리병이 필요합니다. 상자 속에는 또 다른 상자가 들어 있습니다. 누구나 웃을 수 있습니다. 누구나 기다릴 수 있습니다. 누구나 손톱을 깎아야만 합니다. 말하려고 했던 것을 잊어버렸습니다. 중요한 것은 절대적인 하나의 진리가 아니라 서로 모순되는 수많은 상대적인 진리입니다. 모든 것은 있는 그대로 다 완전하고 아름답습니다. 다시 한 번 두 손을 맞잡을 수 있겠습니까. 다시 한 번 당신 자신을 읽을 수 있겠습니까. 한 낱말 위에 한 낱말이 겹치면서. 한 목소리 위에 한 목소리가 흐르면서. 달아나는 말 위로 스며드는 물. 스며드는 물 위로 내려앉는 말. 얼음과 구름. 죽음과 묵음. 결국 헤매다가 죽게 될 것이다. 모르는 사람 모르게 살아가듯이. 모르는 사람 모르게 죽어가듯이.
커튼은 잿빛으로 흔들리고 있었다. 탁자는 흑백으로 움직
이지 않았다. 이것을 빛이라고 부를 수 있다면 이 어둠이야
말로 내 마음이다. 눈을 감는다. 다시 눈을 감는다. 내 눈
속의 어둠과 함께. 너의 어둠과 함께. 어둠 속에서 어둠 속
으로. 어둠 속에서 어둠을 향해.

—「모르는 사람 모르게」부분

　우리가 읽어야 하는 것은 문장 하나하나가 아니다. 이
작품을 구성하는 모든 문장들은 서로 엇비슷한 무게를
가지고 있는 듯 병렬식으로 나열되어 있지만, 서로 교호
하는 과정에서 찾아드는 낯섦이, 이 작품의 특수성을 일
구어낸다고 말하지 않을 수 없다. 일체의 접속사를 생
략한 병렬식 나열이나 분절된 호흡을 추동하는 문장들
의 소략한 배치는, 우리가 그간 익숙하게 조직하고 평범
하게 사용해왔던 문장들, 문장이나 문장을 배열하는 우
리의 저 오래된 관습을, 그것 그대로의 방식을 존중하면
서조차(이 시의 문장 각각은 조금도 복잡하게 구성되어 있
지 않다!) 매우 낯설고 새롭게 드러낼 수 있다는 사유가
있었기에 가능한 것이다. 그러니까, '거울은 바닥에 놓
여 있다' '상자는 탁자 위에 있다' '넝쿨 식물의 꽃은 높
은 곳에 있다' 식의 명료한 단문을 병렬식으로 배치한
이후, '불행이 들어설 자리가 없는 것은 당연하다' 같은

문장을 거기에 조합하는 방식, 혹은 '꽃병을 대신할 유리병이 필요하다' '상자 속에는 또 다른 상자가 들어 있다'의 열거 이후, '누구나 웃을 수 있다' '누구나 기다릴 수 있다' '누구나 손톱을 깎아야만 한다' 등을 배치하는 구성 방식을 보아야 한다. 문장과 문장 사이에 접속사를 지워낸 상태에서, 문장 하나하나가 순차적으로 진행되다가 돌연, 어느 지점에 이르러, 의미의 연쇄를 끊어내는 지점으로 우리를 안내하는 이 기이한 구성을 통해, 이제니는 우리가 그간 익숙하게 써왔던 아주 단순한 문장이 조금도 관습적인 방식으로 쓰일 수 없다는 사실을, 이렇게 실짝 뒤틀어 보여주려 한다. 문장과 문장 사이의 실언(失言), 빈 공간, 의미가 자리하기 전의 블랙홀, 의미를 자리하게 만드는, 그러니까 허사(虛辭)로 지어 올린 문장들, 문장들의 퍼즐, 허사를 생성해내는 문장의 조합으로 생겨난 바로 이 미지의 자리에서, 중층적인 목소리, 복합적 울림, 사방으로 흩어지는 말들이 전진하기 시작한다. 이제니는 제 시에서 매우 평범하다고 말할 수밖에 없는 문장의 구성과 배치를 통해 우리가 매일 발화하는 언어에서 "어떤 부분집합들은 그 자체로 원소의 개수가 무한"한 것이며, 언어에 "절대적인 하나의 진리가 아니라 서로 모순되는 수많은 상대적인 진리"만이 주어진다는 사실을, 프락시스의 반열 위에 올려놓는 것이다.

이렇게 그의 시는 어떤 목적에 붙들려 무언가를 기술

하지 않으며, 문장의 조직을 통해 언표의 상위에 위치한 주관적인 공간으로 우리를 데려간다. 그가 감정이라 부를 어떤 상태를 제 시에 내려놓는다면, 그것은 말의 중층적 결정과 운동에 의지해서만 그렇게 할 뿐인 것이다. 의미가 아니라, 의미가 되어가는 과정을 실현하려 시도하는 것은, 의미를 확정 짓는 행위가 이 세계에서 너무나도 많은 것들을 지워낸다는 사실을 그가 누구보다도 잘 알고 있기 때문일 것이다. "말이 쏟아지려는 찰나"에 주목하지만, 그러나 그것은 '그렇게 하겠다'는 식의 정언적 발언에 힘입어 확정되는 것이 아니라, 오로지 말 전체를 구동하는 운동의 형태로 "말이 쏟아지려는 찰나" 자체를 실천하고자 끊임없이 도전할 때 주어질, 작고도 희미한 가능성일 뿐이다. 기존의 의미를 탈색하고 또 탈색하여 남겨진 어떤 정수, 그 "백색의 슬픔을 기록하는 사람"(「가지 사이」)이 되고자 하는 것도, "백색의 슬픔을 기록하는 사람"이라는 구문을 둘러싼 다른 말들을 움직여 미세한 차이로 운용되는 언어 운동 속에서만 실현될 뿐인 것이다. 말의 미세한 차이에 주목하고, 낱말과 낱말 사이의 관계를 움직여, 정동의 세계로 들어간다는 것은 대관절 무엇인가?

불길 뒤에 오는 것들

불길 뒤에 남는 것들

그을음 위로 그 울음이 번질 때

그 울음 위로 그 울림이 겹칠 때

몸속 저 깊은 곳에서부터 차오르는 물

그 모든 가장자리를 향해 나아가는 물

구름을 따라 흐르는 것들이 있었다
　　　　　　　　　—「그을음 위로 그 울음이」 부분

　"그을음" "그 울음" "그 울림" 순으로 빚어낸 미세한
음성적 차이가 어떤 감정을 깊숙이 각인하는 것이지, 이
작품은 어떤 사건을 겪은 후 몰려온 별개의 슬픔이 있어
고통의 감정을 절절히 쏟아내는 것이 결코 아니며, 그렇
게 생각한다면 그것은 우리의 커다란 착각일 뿐이다. 이
작품은 화재와는 아무런 상관이 없다. 오히려 여백을 활
용한 저 유사성의 착안(띄어쓰기)과 자음 하나를 교체해
가며 음절의 자질에 변화를 가한 것은, 이제니가 확정된
의미에서 출발하는 연역의 방식을 택하는 것이 아니라,
낱말들 간의 고유한 질서를 고안하여 매 순간 새로운 논

리를 궁리하는 귀납의 방식에 무게를 두고 시작에 임한다는 사실을 알려준다. 그 작업은 의미의 조작이 아니라, 차라리 언어의 질서를 새롭게 구축해내는 고안이라고 해야 한다. 고안이란 가령, 문법적인 통사 운용의 범주를 벗어난 것으로 간주하기는 어렵지만 그렇다고 문법 안에만 머무른다고도 판단하기도 어려운, 그러니까 문법적 통념으로는 도달할 수 없는 미지의 지점까지 제 언어를 힘껏 밀고 나갔다는 것을 뜻한다. 이 작품은 바로 언어의 고안에 힘입어, 번지고, 겹치고, 차오르고, 나아가고, 흐르는 상태, 그 정동의 세계로 우리를 초대한다. 실사와 형용사는 이때 협업을 통해, 작품에서, 오고 가고 당도하거나 막 미끄러지는 감정의 유동적인 상태를 각인해낸다. 의미의 유사성을 약화시키는 음성적 제약[2]을 활용하여, 통사의 인접성 자체를 낯설게 주조하는 데 성공적으로 합류하는 이러한 배치는 이제니의 시에서, 아직 실현되지 않은 잠재적 현실을 세계에서 활보케 하는 기폭제로 살아나며, 우리가 아직 경험하지 못한 사유의 심연이 살짝 틈입을 허용하는 곳, 결국 '언어에 의해, 언어 안에서' 세계의 잠재적 상태를 열어 보이는 곳으로 시가 향하고 있다는 사실을 통보해준다. 언어의 운동은 말의 질서를 새롭게 구축하는 억양과 낱말들

---

[2] 그것을 제약이라고 부르는 까닭은, 같은 음소를 지닌 말을 선별해야 한다는 조건에 충실한 구문이기 때문이다.

의 변별적 가치를 제공하는 뉘앙스에도 주목한다.

2. 리듬 - 있음과 동안

억양intonation의 가능성은 시에서 어떻게 타진되는
가? '있다'의 존재론이 아니라, 있게 되는 '동안'의 일들
과 그 운동의 양태를 억양의 질서 속에서 표현해내는 일
은 과연 가능한가.

거실에는 책상이 있다. 거실에는 의자가 있다. 거실에는
책이 있고. 꽃이 있고. 거울이 있고. 종이가 있고. 유리가
있고. 서랍이 있고. 약속이 있고. 한숨이 있다. 한편에는 식
탁이. 한편에는 냉장고가. 냉장고 안에는 사과가. 사과 안
에는 과육이. 과육 안에는 씨앗이. 씨앗 안에는 어둠이. 어
둠 안에는 기억이. 기억 안에는 숨결이. 숨결 안에는 눈물
이. 눈물 안에는 너의 말이. 너의 말 안에는 나의 말이. 나
의 말 안에는 지나간 흔적이 있다. 우리의 감정이라 부르던
어떤 것. 우리의 취향이라 부르던 모든 것. 일일이 나열하지
않아도 되었던 모든 것. 일일이 말하지 않아도 되었던 어떤
것. 거실에는 어떤 모든 것이 있다. 어떤 모든 것 안의 어떤
모든 것. 모든 어떤 것 안의 모든 어떤 것. 기울어진 모서리.
희미한 벽지. 벽지에 닿는 손가락이. 손가락을 따라가는 눈

길이. 이제는 없는 너의 눈길이. 되돌릴 수 없는 어떤 얼룩
이. 하나에서 다른 하나로 번지는 모든 얼룩이. 거실에는 모
든 어떤 것이 있다. 있다. 있다. 있다. 모든 어떤 것 안의 어
떤 모든 것. 어떤 모든 것 안의 모든 어떤 것. 우리를 다른
우리로부터 구별되게 하던 모든 어떤 것. 우리를 다른 우리
로 번지게 하던 어떤 모든 것. 거실에는 문이 있다. 거실에
는 창이 있다. 거실에는 모자가 있고. 연필이 있고. 온기가
있고. 선반이 있고. 후회가 있고. 흔들림이 있고. 망설임이
있고. 독백이 있고. 양초가 있고. 구름이 있고. 한낮이 있
고. 한탄이 있고. 나무가 있고. 풀이 있고. 물이 있고. 불이
있고. 웃음이 있고. 울음이 있고. 음악이 있고. 침묵이 있
고. 그림자가 있고. 고양이가 있고. 개가 있고. 새가 있고.
내가 있고. 네가 있고. 이제는 없는 네가 있고. 이제는 없는
오늘의 네가 있고. 거실에는 어떤 모든 것이 있다. 있다. 있
다. 있다. 모든 것 안의 어떤 것. 모든 것 안의 모든 것. 어떤
것 안의 어떤 것. 어떤 것 안의 모든 것. 거실에는 어떤 것이
있다. 있다. 있다. 있다. 거실에는 모든 것이 있다. 있다. 있
다. 있다.

　　　　　　　　　　　　　　　—「거실의 모든 것」 전문

　거실에는 책상과 의자가 있다. 문제는 그다음이다. 편
의상, 이어지는 문장 "거실에는 책이 있고. 꽃이 있고.
거울이 있고."를 ①로, 비교를 위해 임의로 적어본 '거실

에는 책이 있고 꽃이 있고 거울이 있고'와 '거실에는 책이 있고, 꽃이 있고, 거울이 있고,'를 각각 ②와 ③으로 부르기로 한다. 이 각각은 구두점의 여부나 그것이 다르다는 차이뿐인 듯하지만, 근본적으로 다른 세계를 상정한다고밖에 볼 수 없다. 스타카토의 리듬으로 말의 흐름을 무시로 끊어야만 다가갈 수 있는 세계가 존재한다고 생각한 것일까? 마침표는 물론 '있다'의 견고함을 강조하기 위해 사용된 것이다. 각각의 통사구를 마침표로 틀어막은 구절들을 읽으면서, 우리는 어쩔 수 없이, 책과 꽃과 거울의 고립을 보존할 수밖에 없는 처지에 놓이게 된다. 만약 쉼표로 연결해놓았더라면, 책과 꽃과 거울은, 매번 쉬어야 하는 만큼, 서로 고립되면서 끝내 절연은 하지 않아 다소간의 연관성을 유지할 수 있었을 것이고, 구두점이 생략된 구문이었더라면, 책과 꽃과 거울은 앞의 두 경우보다 훨씬 밀접한 관계에 놓여, 각각의 '있음'을 보존하기는커녕 '거실'이라는 공간에 나란히 놓여 있는 공존의 상태가 유독 강조되는 것을 방지하지도 못했을 것이다. 중요한 것은 구두점이, 책과 꽃과 거울뿐만 아니라, 거실의 의미도 조절해낸다는 데 있다. 시인이 선택한 "거실에는 책이 있고. 꽃이 있고. 거울이 있고."에서 주목해야 하는 것은, 각각의 실사들이 "거실"로부터 서서히 독립되어 개별성을 확보한다는 사실인데, 그 까닭은 실사들의 개별성을 보장하는 한편 "거실"

과 종속적 관계를 저버리지 못하는 쉼표를 사용했을 경우나, "거실"이라는 전체 속에서만 실사들이 제 존재를 보장받을, 구두점을 생략한 경우와는 완전히 다른 세계를 보여주고 있기 때문이다. 마침표는 문장과 문장 사이에 여백을 창출하는 억양의 발생지이면서, 사물의 독립성을 보장하고 단일한 공간(여기서는 "거실")으로부터 그것들을 이탈시켜, '있다'의 가능성을 큰 폭으로 확장시킨다. 이렇게 "거실"에는 단일한 의미에 붙들린 사물이 아니라, 사물 각각의 존재 가능성에 충만해진 상태, 그러니까 말로 고립되고 "나의 말 안"에서 "지나간 흔적"을 간직한 사물들이 바글거리는 것이다. 사물들이 시에서 "우리의 감정이라 부르던 어떤 것"―"우리의 취향이라 부르던 모든 것"―"일일이 나열하지 않아도 되었던 모든 것"―"일일이 말하지 않아도 되었던 어떤 것"과 공존을 모색하면서, 주관성의 산물로 자리매김하게 되는 것은 바로 구두점의 운용 덕분인 것이다.

또한 이와 같은 방식으로 보존된 사물의 개별성은 "거실에는 어떤 모든 것이 있다"에서의 "어떤"과 "모든"의 값을 결정하는 중요한 역할도 수행한다. "어떤 모든 것 안의 어떤 모든 것"과 "모든 어떤 것 안의 모든 어떤 것"이, 미세한 차이로만 존재하는 '있다'의 다양성을 보장하는 지표라고 한다면, 우리는 이 작품이, 고정된 의미를 사물에 부여하는 것이 아니라, 의미를 부여받기 직전의 상태, 의미가 형성되는 과정의 일부, 의미를 탈색하는 절차로만 시적 고유성을 성취하려 시도한 결과임을 알게 된다. 이는 시인이, 사물과 마찬가지로 "우리를 다른 우리로부터 구별되게 하는 모든 어떤 것"만이, 오로지 우리의 '있음'을 보장할 것이라고 생각하고 있기 때문에 가능한 것이기도 하다. 여기서 눈여겨봐야 하는 것은, 이때 '있다'라는 형용사 역시, 감정의 결을 부여받아, 제 의미를 한층 더 확장하게 된다는 사실이다. 마지막 구절을 다시 살펴보자.

거실에는 어떤 모든 것이 있다. 있다. 있다. 있다. 모든 것 안의 어떤 것. 모든 것 안의 모든 것. 어떤 것 안의 어떤 것. 어떤 것 안의 모든 것. 거실에는 어떤 것이 있다. 있다. 있다. 있다. 거실에는 모든 것이 있다. 있다. 있다. 있다.

'있다'는 "거실"에 있는 "어떤 모든 것"의 존재 양태를 설명하는 문법적 기능을 완벽하게 저버리고, 자신을 수식하는 체언이 곱절로 늘어나 부여받게 될 미지의 감정의 주인이 되어, 복수의 의미 체계 안으로 진입하고 만다. 말미에 두 차례에 걸쳐 세 번 반복된 "있다" 각각이 서로 상이한 가치를 지니는 것은, 이 각각의 "있다"를 수식하는 "모든 것 안의 어떤 것. 모든 것 안의 모든 것. 어떤 것 안의 어떤 것. 어떤 것 안의 모든 것"이 실상, 헤아릴 수 없는 경우의 수를 상정하기 때문이다. "있다"에 내려앉게 될 복잡한 의미의 함수는 그러나 이것이 전부인 것도 아니다. "있다"의 실질적 주어는 사실상, "있다" 앞에 등장했던 모든 실사들일 수 있기 때문이다. 따라서 이 시를 마지막까지 따라 읽은 우리는, 용언과 체언 사이에 일대일 대응은커녕, 다대일의 대응마저 거부하는 곳에 당도하게 된다. 세상의 모든 것을 '있게' 하는 동시에 그것들의 차이를 보존하고, '있음'의 다름과 이 다름의 세세한 층위마저 지워내지 않는 주관성의 언어 운용을 선보이며, 이제니의 시는, 아직 실현되지 않은 미래의 시를 향해 큰 보폭으로 걸음을 내딛는다. '있다'의 존재 양태는 이렇게 무한한 것이며, 시인은 이 사실을 거창한 주장이나 공설에 의지하지 않고, 낱말의 단순한 반복과 구두점의 배치, 억양의 조절과 여백의 활용, 요소들 간의 운동과 뉘앙스의 차이를 통해 실현해낼 줄 아는 것이다. 물론 여기서 여백이란, 마침표와 함께 하강하는 억양, 쉼과 단절을 내려놓는 억양으로 창출된, 그러니까 시각으로는 보이지 않는, 그럼에도 엄연히 시에 존재하는 언어적 휴지(休止)이자 정동의 공간일 것이다. 시에서 주관성의 실현, 언어의 정동성의 구현은 바로 이런 것이다.

여기저기에 꽃이 있었다

여기저기에 내가 있었다

너는 꽃을 뒤집어쓰고 죽어버렸다

붉고 환한 것들은 오로지 재
느리게 소용돌이치며 구름의 재

어둠 속에 어둠이 있었다
불타오른 자리는 희고 맑았다

뒤를 돌아보는 사람은 쓸쓸한 사람
그림자가 없는 사람은 이미 죽은 사람이다
                            ─「꽃과 재」 부분

　　말의 운동은 필연적으로 감정을 결부시킨다. 문제는
이 '감정'이 철저하게 언어의 배치와 조직의 산물이라
는 데 있다. 따라서 그것은 우리의 통념 속에 자리한 '감
정'이 아니다. 차라리 다른 감정, 두터운 감정, 그러니까
주관적 감정, 아니 시적 감정이라고 불러야 할지도 모
르겠다. '있었다'로 시작한 이 작품이 누군가의 죽음과
결부되어 있다는 사실을 짐작하는 것은 크게 어렵지 않
다. 그런데 시인이 죽음 이전에 '있었다'를 매우 특이하
고 고유한 방식으로 보존해내려고 한다면? 이러한 사실

은 "붉고 환한 것들은 오로지 재/느리게 소용돌이치며 구름의 재"라는 두 문장에서 드러나기 시작한다. "붉고 환한 것들"은 "꽃"인가? 아니면 "재"인가? "재"가 붉고 환하다는 것은 이 경우, 모순이 아니다. 시의 구성 전반을 헤아릴 때, "재"는 타고 남은 가루라는 단일한 의미에 붙들리지 않기 때문이다. 의미의 완벽한 전치와 분산이, 낱말과 낱말의 결속, 말과 말의 운동, 그것을 조직하는 방식에서 살아나기 시작한다. 그리하여, "재"는 在(있다)나 災(화재나 재앙), 再(반복하다), 심지어 栽(심다), 渽(맑다)일 가능성조차 부정할 수 없는 처지에 놓인다. '재'가 통념이나 상식적 수준의 이해에 갇히지 않는 것은, 반드시 이 한 낱말의 한자가 여럿이라 그런 것이 아니라, 작품의 다른 낱말들과 구문들이 이 '재'와 모종의 관계를 맺어, "재"라는 낱말을 단일한 의미에 붙들리게 방치하지 않기 때문이다. 이렇게 "어둠 속에 어둠이 있었다"의 '있었음'이나 '어둠'도 '재'일 수 있지만, "불타오른 자리"의 저 "희고 맑았"던 속성도 '재'일 가능성을 저버리는 것은 아니다. 여기서 주목해야 하는 것은, 여전히 의미가 아니라, 의미가 되어가는 과정, 그 과정을 최대한 실현해낸 독창적인 구문의 조직과 그 운용이다. 그렇다면, 시를 읽고 난 다음, 우리에게 찾아든 무엇, 가령 "쓸쓸한 사람"이나 "이미 죽은 사람"을, 우리는 어떻게 언어의 운동을 통해 활성화된 '재'의 복수성

이 우리에게 날라다 준 미지의 감정이 아니라고 말할 수
있겠는가?

　　기린이 그린 그림은 기린이 그린 그림
　　구름이 그린 기린은 구름이 그린 기린

　　[……]

　　대답하는 대신 다시 묻는 네가 있고
　　긴 목을 휘저으며 그저 웃는 구름이 있고
　　뭉게뭉게 휘날리며 흩어지는 기린이 있고
　　묻는 대신 대답하는 오늘의 내가 있고
　　　　　　　　　　　　　　　—「기린이 그린」 부분

　　한 남자는 달리고 한 여자는 춤춘다. 달리고 춤추고 웃
을 때 거리는 끝이 없고 나무는 자란다. 나무가 자랄 때 빛
이 있고 그늘이 있고 피로가 있고 입김이 있고 구름이 있고
노을이 있고 기억이 있어 순간의 망각이 풀잎 위에 그림자
를 만들고 순간의 불꽃이 노란 고무공을 튕긴다.
　　　　　　　　　　　　　　　—「수요일의 속도」 부분

　　너의 이마 위로 흐르는 빛이 나의 이마 위로 흐르고 흘
러 해는 지고 새는 가고 바람은 불고 구름은 떠돌아 언덕

위로 기우는 빛이 다시 너의 이마 위로 흐르고 흘러

언덕을 지우고 구름을 지우고 얼굴을 지우고 얼룩을 지
우고 물결을 지우고 눈물을 지우고 해를 지우고 새를 지우
고 바람을 지우고 기억을 지우고 다시 나의 이마 위로 흐르
고 흘러

—「너의 이마 위로 흐르는 빛이」 부분

이제니는 간결하고 명료한 단문의 반복과 특수한 배
치만으로, 가장 복합적인 의미의 함수들을 시에 떠돌게
하여, 발화의 주관적인 상태로 진입할 줄 아는 시인이
다. 언어의 정동을 실현하고 주관성을 최대한 적재해내
는 이러한 작업은, 정지의 상태보다는, 말이 뭉치고 흩
어지면서 풀려나오는 동시다발적인 양태를 그대로 살려
내려는 시도에서, 또한 무언가 생성 중인 '사이와 동안'
을 포착하려는 시도에서, 그러니까 "기억나지 않는 말
과 말 사이"(「어둠과 구름」)를 주목하는 일로, 크게 성공
을 거둔다. 굳이 음성적 유사성을 언급하지 않아도 좋
다. 마감되지 않고 계속해서 이어지는 동작들, '~가 있
고'로 "빛" "그늘" "피로" "입김" "구름" "노을"을 연달
아 표현해, 말과 말 사이에 속도를 부여하려는 시도, 속
도를 이끌고 갈 통사적 구성을 구고해내는 창의적인 사
유, 그렇게 해서 "순간의 망각"과 "순간의 불꽃"을 실현

하는 독특한 발화적 구성 등, 이제니의 이 '자기-지시적인' 언어의 운용에는, 낱말이나 문장이 '무엇인가를 대신해서 존재하는 무엇aliquid stat pro aliquo'이 아니라, 또 다른 낱말들과 문장들과의 관계에 의해서만 제 타당성을 부여받고 고유한 목소리를 낼 수 있는, 오로지 그렇게 할 때만, 시라는 언어의 체계 속에서 주인의 자리를 차지할 수 있다는 확신이 자리한다.

3. 리듬-체계-소리

이제니의 시가 리듬의 화신인 것은 이렇듯, 시에서 모든 언어 요소들의 상호의존성을 전제하는 독서를 추동하기 때문이다. 우리는 이러한 시를, 몇몇 구조적 반복에 붙들려 읽는 시가 아니라, 말의 운동을 이끄는 조직organization과 그 체계system를 읽어야만 하는 시라고 부를 것이다. 그런데 시에서, 체계는 무엇인가? 체계라는 개념은 독서에 어떤 변화를 몰고 오는 것인가? 그것은 구조와 어떻게 다른가?

눈물 다음에 너울이 온다 너울 다음에 하늘이 있고

하늘 너머로 얼굴이 있다 얼굴 사이로 바람이 오고

바람 속에는 마음이 있어 마음 위로는 노래가 오고

노래 사이로 호흡이 있고 호흡 속에는 죽음이 있다

죽음 너머로 구름이 있고 구름 너머로 저녁이 오고

저녁 너머로 안개가 있고 안개 너머로 들판이 있고

들판 너머로 먼지가 일고 먼지 너머로 거리가 있다

거리 속에는 정적이 있고 정적 사이로 언덕이 있고

언덕 위로는 나무가 있어 나무 다음에 눈물이 오고

눈물 다음에 너울이 있어 너울 너머로 노을이 진다
　　　　　　　　　　　　　　　　—「너울과 노을」 전문

　이 작품은, 내적으로 단단히 묶인 언어 요소들의 필연
성에 의거해서만 시가 의미의 생산 과정에 개입하며, 주
관성의 표식을 드러낼 수 있다는 사실을 여지없이 보여
준다. 시를 구성하는 각각의 요소들은 고립된 개별체로
는 존재할 수 없다. 서로 간의 대립과 차이에 의해, 전

체와 부분의 유기적인 협력 속에서만, 시는 의미의 필드 안으로 진입할 수 있을 뿐이다. 그러나 이렇게 해서 주어질 미지의 의미조차 사실 시에서는 가변적이며, 이 시는 시를 구성하고 있는 그 어떤 요소도 시에서 독립될 수 없으며 홀로 제 기능을 발휘할 수 없다는 사실을 보여주기 위한 작품이라는 생각마저 들게 한다. 무슨 말일까? 당신이라면 이 작품을 어떻게 읽을 것인가? 가로(낱말을 연결하는 연합체)나 세로(낱말을 교체하는 계열체)의 독서뿐 아니라, 크로스(✕) 방식의 독서, 심지어 낱말들을 다른 방식으로 조합해도, 통사의 뭉치가 일련의 연쇄를 생성해내면서, 독서의 복수성은 사실상 무한으로 늘어날 뿐이다. 가령, 작품의 첫 낱말 "눈물"은 가로축과 세로축으로 통사적 결합이 가능할 뿐만 아니라, 두 줄 아래의 두번째 낱말 "속에는"과도 연합할 수 있고, 그 각도 그대로 유지해 만나는 낱말들과도 무리 없이 이어져, 가로나 세로, 대각선 이외의 새로운 통사 라인의 형성에 참여한다. 구성의 복잡성 외에도, 독서 방식의 복잡성은 이를테면, 이 시를 구성하는 각각 낱말들의 가치는 어떻게 결정되는 것인가 같은 또 다른 물음을 낳는다. 하나의 낱말은 오로지 그것 주위에 포진한 나머지 낱말들에 의해서, 오로지 그것들과의 차이에서 만들어지는 상대적인 가치 외에 다른 값을 부여받지 못할 것이다. 이는 한 편의 시가 항구적인 구조에 토대를 두고 작동하는 것이 아니라, 요소요소들의 상호운동을 전제하는, 각각 요소들의 결속된 체계라는 인식하에만 기능한다는 사실을 알려준다. 기호들은 그 자체로 아무것도 아닌 것이다. 기호는 다른 기호와의 상호의존성의 산물일 뿐이다. 그러니까 한 낱말의 가치를 결정하는 것은 그 낱말의 주위에 포진된 또 다른 낱말들이며, 이 또 다른 낱말들과 조합되는 방식에 의존해서만 어떤 낱말은 오로지 제 값을 추정해낼 수 있는 것이다.

이제니의 시는 이처럼 의미의 '복수성'을 열어젖히는 낱말들과 통사의 내적 체계를 구축하면서 요소요소들의 결속과 연합을 강조하고, 그로써 의미의 단일성에 크게 이의를 제기하며, 나아가 새로운 개방 체계를 향해 시가 끊임없이 전진해야 한다고, 아직 가지 않은 미지의 길을 터야 한다고 말한다. 그러니까 이 작품의 모든 요소들은 어떻게 그것들이 결속되느냐에 따라서만 제 값을 확보하는 것이며, 그것이 어떤 상태로든 조직되기 전까지는 아무것도, 그 어떤 의미도 부여받지 않은 무정형의 덩어리일 뿐이다. 낱말이나 문장, 나아가 시 자체가 고정된 의미에 붙들리거나 단일한 목소리로 포장되는 것을 경계하며, 매 순간, 의미를 유보하고, 오로지 의미의 유보 과정으로만 세계에 주관적인 감정을 내려놓으려는 시도라고 해야 할까? 실사는 물론, 형용사나 지시사 모두, 무한한 의미의 잠재적 대상으로 거듭나 결국 '모든 것이

너울지고 노을 너머로 붉게 타오른다'는 사실에, 엄청
난 주관성을 적재해낼 무한한 가능성의 요소들로 제공
될 뿐이다. 작품 네번째 줄의 마지막 낱말 "있다"를 예
로 들어, 이 최대치의 주관성을 설명해보자. "있다"는
"죽음이 있다" 뿐만 아니라, 대각선의 통사적 연쇄에서
"노래가" "있다"나 "저녁이" "있다"는 물론, 심지어 "너
머로" "있다"와도 연결된다. "있다"만이 중층적 결정의
대상인 것은 물론 아니다. 모든 낱말들이 제 기능을 이
중삼중으로 한없이 늘려내, 다채로운 사용, 예기치 못한
활용을 보장받아, 함께 체계 속에서 구동될 때, 문법 너
미의 세계, 그러니까, 문법의 범주 안에 머물지 않는 어
떤 언어의 상태가 고지되는 것이다. 생각해보라. 모든
낱말들이 수십 차례 이상 다른 낱말들에 의해 수식받아,
의미 생성의 경우의 수를 무한히 확보한 터이니, 이것이
최대치의 주관성이 아니고 무엇이겠는가?

 밤이 흐를 때 우리는 밤이 흐를 때 우리는 흰 것으로 말
하기 흰 것으로 말하기 밤이 흐를 때 우리는 밤이 흐를 때
우리는 검은 것으로 말하기 검은 것으로 말하기 두 번씩 말
하기 두 번씩 말하기 음영과 굴곡으로 리듬과 기미로 물러
나기 물러나기 다가가기 다가가기 다시 한 번 더 말하기 다
시 한 번 더 말하기 밤이 흐를 때 우리는 밤이 흐를 때 우
리는 무엇을 말할 수 있는지 묻지 않으며 묻지 않으며 다만

노래하기 다만 노래하기 끊임없이 끊임없이 되풀이하여 되
풀이하여 주저하며 주저하며 망설이며 망설이며 전진을 후
진으로 후진을 전진으로 밤이 흐를 때 우리는 밤이 흐를 때
우리는 받아 적기 받아 적기 다가가면서 물러나는 것을 물
러나면서 다가가는 것을 실현하면서 실천하면서 취소하면
서 취사하면서 밤이 흐를 때 우리는 밤이 흐를 때 우리는
겹으로 말하면서 겹으로 말하면서 겹으로 사라지듯이 겹
으로 사라지듯이 어디서 흘러와서 어디로 흘러가는지 뒤돌
아보지 않으며 뒤돌아보지 않으며 나아가기 나아가기 돌아
가기 돌아가기 한 발 더 한 발 더 밤이 흐를 때 우리는 밤이
흐를 때 우리는 첫 문장을 기다리면서 마지막 문장을 지워
나가듯 마지막 문장을 기다리면서 첫 문장을 지워나가듯
밤이 흐를 때 우리는 밤이 흐를 때 우리는

— 「밤이 흐를 때 우리는」 전문

"우리는"이 결속의 범주를 두 배로 확장한다는 사실
("밤이 흐를 때 우리는 밤이 흐를 때 우리는 흰 것으로 말
하기 흰 것으로 말하기"), 확장된 결속의 가능성을 "두
번씩 말하기"로 적었다는 사실, 이런 방식으로, 뒤따라
오는 문장이 앞의 문장이 **실현**한 것을 다시 한 번 **실천**
하고 있다는 사실, 이 "두 번씩 말하기" 역시 두 번 반
복되어, 무언가를 말하는 동시에 자신이 말하고 있는 바
를 적어 드러낸다는 사실, 나아가 작품의 모든 구문들이

무엇인가를 기술하는 동시에 그 상태의 주인이 되어 자기-지시적이라는 사실, 문장과 문장이 단순하게 연결되는 것이 아니라, 결국 곱셈의 퍼즐로 제 의미의 함수를 무한히 확장시킨다는 사실, '주저하다' '망설이다' '흐르다'나 '끊임없이' '되풀이하여' 등의 언표가 그 낱말의 속성처럼 시 전반에서 주저하고, 망설이고, 흐르고, 끊임없이 되풀이된다는 사실을 지적해야만 할 것이다. 이제니는 '무엇'을 기술하여 의미를 새기려는 것이 아니라 ("무엇을 말할 수 있는지 묻지 않으며"), 말의 운동("전진을 후진으로 후진을 전진으로")에 몸을 싣고, "첫 문장을 기다리면서 마지막 문장을 지워나가듯" "마지막 문장을 기다리면서 첫 문장을 지워나가듯", 말로 할 수 있는 최대치의 가능성을 실천하면서, 제 존재를 모두 비워내고 의미를 소진하는 것은 아닐까. 시에서 언어의 정동성이나 주관성의 적재는 이처럼 의미가 아니라, 의미의 중층적 결정에 대한 추구이며, 이제니는 말의 운동, 통사의 무한한 조합을 통해 구현되는 감정, 리듬으로 빚어지는 차이, 체계 속에서 형성되는 언어의 중층적 결정을 통해 의미를 유보하는 작업으로 자신의 시에 특수성이라는 인장을 깊이 눌러 찍는다.

그 밤에 작은 유리병 속에 들어 있던 검은 것을 기억한다. 결국 우리는 그것을 돌이라고 생각하기로 하고 각자 자기가 있던 곳으로 떠났다. 다시 만날 기약도 없이. 한 번도 만나지 않았던 것처럼. 그토록 다정한 것들은 이토록 쉽게 깨어진다. 누군가는 그것을 눈물이라고 불렀다. 누군가는 그것을 세월이라고 불렀다. 의식적인 부주의함 속에서. 되돌릴 수 없는 미련 속에서. 그 겨울 우리는 낮은 곳으로 떨어졌다. 거슬러 갈 수 없는 시간만이 우리의 눈물을 단단하게 만든다. 아래로 아래로 길게 길게 자라나는 종유석처럼. 헤아릴 길 없는 피로 속에서. 이 낮은 곳의 부주의함을 본다. 노래하는 사람이 너무 많군요. 웃고 있는 사람이 너무 많군요. 꽃이 만발한 세계였다. 빛이 난반사되는 어두움이었다. 너무 많은 리듬 속에서. 너무 많은 색깔 속에서. 너는 질식할 듯한 얼굴로. 어둠이 내려앉듯 가만히 앉아. 나무는 나무로 우거지고. 가지는 가지를 저주하고. 우리와 우리 사이에는 거리가 있고. 거리와 거리 사이에는 오해가 있고. 은유도 없이 내용도 없이. 너는 빛과 그림자라고 썼다. 나는 물과 어두움이라고 썼다. 검은 것 속의 검은 것. 검은 것 사이의 검은 것. 모든 문장은 모두 똑같은 의미를 지닌다. 똑같은 낱말이 모두 다 다른 뜻을 지니듯이. 우리가 우리의 그림자로부터 떠나갈 때 우리는 우리 자신이 된다. 무수한 목소리를 잊고 잊은 목소리 위로 또 다른 목소리를 불러들인다. 사랑받지 못하는 날들이 밤의 시를 쓰게 한다. 밤보다 가까이 나무가 있었다. 나무보다 가까이 내가 있었다. 나무보다 검은 잎을 매달고. 두 번 다시 보지 못할 사람처럼. 영원히 사라질 것처럼. 밤이 밤으로 번지고 있었다.
―「검은 것 속의 검은 것」 전문

언어의 운동은 시가 체계라는 전제로 작동한다고 우리는 말했다. 이제니의 시는 단일한 의미를 거부하고, 낱말 각각이 아니라, 그것들이 이어질 때 발생하는 어떤 기묘한 감정과 주관적인 순간에 주목하는 데 전념한다고도 말했다. 그러니까 말은 끊임없이, 모이고 흩어지며, 협력한다. "모든 문장은(이) 모두 똑같은 의미를 지닌다"는 것은 문장이 다른 문장들과의 협력 없이, 별나게 고립되어 스스로 제 뜻을 관철시키는 항구적인 의미란 시에 존재하지 않는다는 뜻이며, "똑같은 낱말이 모두 다 다른 뜻을 지니듯이"는, 맥락이 낱말의 운명을 좌우한다는 것을 말해준다. 이 작품 역시, 숨을 정지시키면서 끊어낸 순간들의 고립, 가령 "다시 만날 기약도 없이."나 "의식적인 부주의함 속에서. 되돌릴 수 없는 미련 속에서."처럼, 구두점을 눌러 생겨난 통사적 변형으로부터 발생한 주관성이, 앞과 뒤로 포진된 나머지 구절들에도 영향을 미친다고 해야겠다. 이렇게 하강("낮은 곳으로 떨어졌다.")은 앞 구절에서 발생한 단절의 뉘앙스에 힘입어, 한결 더, 제 깊이를 깊게 하고, "아래로 아래로 길게 길게 자라나는 종유석처럼."의 단속적인 마감은 "그 겨울" "낮은 곳으로 떨어"진 "우리"의 추락 강도를

198

좀더 강하게 벼려낸다. 말을 불필요하게 감싸고 있는 껍데기를 "은유도 없이 내용도 없이" 벗겨내야 한다고 생각한 것일까? "검은 것 속의 검은 것. 검은 것 사이의 검은 것"은 이렇게 "너무 많은 리듬 속에서. 너무 많은 색깔 속에서", 그러니까 말과 말 사이, 사물과 사물 사이, 나와 타자 사이에, 일정한 거리를 취할 때만 찾아오는 어떤 낯선 상태인 것일까? 그것은 낱말과 낱말을 조직하는 특수한 방식으로 자기만의 문장을 고안하지 않으면 도달할 수 없는 아마득한 세계인 것일까? 통념을 지워내고, 의미의 단위를 매번 새롭게 고안하는 실험을 통해서만 지금-여기에서 시를, 시라는 언어를, 시라고 생각한 무언가를 실현할 수 있다고 생각한 것은 아닐까? 이제니의 시에서 의미의 단위는 매번 시에서 우리가 발견하고 재발견을 해야 하는, 시인이 매 편마다 고안하고 재고안하는, 특수한 무엇일 수밖에 없다. 방점을 찍었다는 식으로 정의되는 문법상의 문장[3]이 아니라, 그것은 언제나 다르게 형성되는 시의 단위, 시라는 체계 속에서, 조직 안에서, 매번 특수한 양태로만 주어지는 발화의 산물인 것이다.

---

3) '문장'에 대한 정의는 여전히 미지수다. 마침표를 찍는 단위를 문장으로 파악하는 문법적·형태론적 접근과 의미의 유관성을 단위로 정의하는 의미론적 관점, 통사적인 리듬의 단위로 정의하는 시학의 관점이 공존할 뿐이다. 문장은 주어진 언술discours을 헤아려 매번 고안되어야 하는 시학의 단위다.

다시 한 번 당신 자신을 읽을 수 있겠습니까. 한 낱말 위에 한 낱말이 겹치면서. 한 목소리 위에 한 목소리가 흐르면서. 달아나는 말 위로 스며드는 물. 스며드는 물 위로 내려앉는 말. 얼음과 구름. 죽음과 묵음. 결국 헤매다가 죽게 될 것이다.

—「모르는 사람 모르게」 부분

넘실거릴 때 넘실거릴 때
저 거리의 끝이 보이려고 할 때
죽음 이후를 보듯 꺼내 읽어야 힐 문장을

오래전에도 이미 보았지
이후로도 내내 이 거리를 걷게 되리라는 걸

습관 없는 습관을 들이듯이
옷과 꽃을 바꾸고 머리와 미래를 바꾸고
미래와 노래를 바꾸고 노래와 모래를 바꾸고
모래와 이름을 바꾸고 이름과 구름을 바꾸고
구름과 꿈을 바꾸고 꿈과 몸을 바꾸고
몸과 고양이를 바꾸기로 한다

고양이가 고양이를 따르듯이

사람이 사람을 따르듯이

소멸 직전의 문장을 적고 있었다
　　　　　　―「고양이는 고양이를 따른다」 부분

　앞서 우리는 시인이 의미의 단위를 매번 고안한다고
말했다. 텍스트를 소리 내서 읽을 때만 비로소 체감하게
되는 무엇이 이 시에서 생겨난다면, 이것을 우리는 리듬
의, 구술성orality의 표식이라고 부를 수 있을 것이다.
리듬이나 구술의 흔적은, 단순한 형식적 지표가 아니라,
시의 '형식－의미'라는 사실을 여기에 첨언하기로 하자.
소리가 의미의 단위를 만들어내고, 의미가 소리에 힘입
어 주관성을 성취해내는 것은 바로 리듬에 의해서인 것
이다. 읽다가, 낱말과 호응하고, 한 낱말 위에 한 낱말
이 겹쳐질 때조차, 음소의 유사성이 중요한 핵심으로 부
각되는 것은 아니다. 음소보다 더 작은 단위가 이제니의
시에서는 모종의 유기성을 지닐 수 있기 때문이다.[4] 이
것은 오히려 통사적 유기성일 수도 있다. 음소의 중복에
서 출발했지만, 첫번째 인용한 작품에서 중요한 것은,

---

4) 음성적 유사성을 중심으로 리듬을 분석할 수 있다는 생각은 착각이다.
　이 관점으로는 '아버지가 방에 들어가신다'와 '아버지 가방에 들어가신
　다'의 차이를 포착할 수 없다. 리듬은 음성은 물론 통사적 유기성을 바
　탕으로 헤아려야만 하기 때문이다.

'읽다'에서 출발하여("당신 자신을 **읽**을 수 있겠습니까")
"말"("한 낱말")과, 동일한 반복에 의해 생겨난 음소의
운동이, 결국 "겹치면서"를 강조하며 제 의미의 단위
를 구축해낸다는 사실이다. "한 목소리"와 "한 목소리"
가 반복되고 있다는 점도 간과하기 어렵다. 하지만 주목
해야 할 것은, 이러한 반복이 결국 "흐르면서"를 수식하
여, "겹치면서"와 "흐르면서"가 말의 운동에 탄력을 부
여하고 있다는 점이다. 이처럼 의미의 새로운 질서는 유
사한[5] 음소의 중복으로부터 착안된 것 같지만, 오히려
"달아나는 말"에 크게 주관성을 부여한다. 반복은 '**읽**다
→ **낱말** → **낱말**'의 점증(漸增)을 추동하였다. 그러나
이 점증된 뉘앙스가 제 의미의 하중을 내려놓는 지점은,
이 실사들에게 생명력을 부여해주는 "겹치면서"일 것
이다. 이는 한국어에서 조사가, (용언으로 이어질 경우)[6]
용언의 자질을 책정하는 통사적 구성의 산물이기 때문
이기도 하다. 이렇게 따져보면, 이 작품이 음소의 중복
에 매몰되어, 어떤 항구적인 구조를 관철시키는 것이 아
니라, "겹치면서" "흐르면서" "달아나는 말" "내려앉는

---

5) 형태적 유사성이 아니라 발음의 유사성을 따져야 하는 것은, 시는 근
   본적으로 '보는 것'이 아니라 '읽고, 듣는' 글이기 때문이다. 따라서 음
   소의 동질성이 아니라 음소의 유사성이 분석의 단위를 이룬다. '꽃'
   '꽅' '꼳'의 ㅊ, ㅅ, ㄷ은 형태적으로 유사하지 않지만, 받침으로 쓰일
   때 음성적으로 유사한 것과 같은 이치이다.
6) 대부분이 그러하겠지만, 우리는 지금, 시를 이야기하고 있다.

말"로 이어지는 의미의 연쇄를 물고 늘어지며, 새로운 단위를 창출하는 곳에 이르러, 소리와 소리가 협력을 하는 양상을 전개하고 있는 것으로 볼 수 있다. 음소의 반복은 '~하면서. ~하면서. ~한 말. ~한 말'의 운동에 탄력을 불어넣으며, 결국 이 말의 연쇄는 "내려앉는 말"에서 고조되고 포화를 이룬다. 이렇게 "죽음과 묵음"은, "내려앉는 말"의 소산으로, 말의 운동이 일시에 정지된 상태, 말이 운동을 멈추고 완전히 내려앉는 사태를 시에 깊숙이 각인해내고 만다.

그다음에 인용해놓은 작품도 잠시 살펴보자. 우선 '~할 때'의 반복은 행위와 순간을 추동한다. 이러한 행위소는 "바꾸고"의 반복을 중심으로, 시 전체가 조직되는 데 영향을 미친다. 의미의 연관성이 크게 작용했다고 할 수 없는 "옷"과 "꽃", "미래"와 "노래", "노래"와 "모래", "모래"와 "이름", "이름"과 "구름", "구름"과 "꿈", "꿈"과 "몸"이 각각, 소리의 유사성에 의존해, 바꾸는 대상과 주체로 거듭난다는 사실도 주목해야 한다. 어떤 결과가 주어지는가? 바꾼다는 행위의 상투성이 깨지면서(왜? "이름"과 "구름"을 바꾼다는 것은 그 자체로 실현되기 어려운 교환이므로), 아직 해보지 않은 일, 좀처럼 실행할 수 없는, 아직 실현되지 않은 행위의 잠재성이, 시에서 실현되는 것이 보이지 않는가? 음운 자질의 유사성에서 고유한 질서를 구축하여, 미지의 행위를 실천하는 이 작업을 이제니는 "몸과 고양이를 바꾸기로 한다"라고 표현해놓았다. 따라서 "한다"는 시의 외부이자 내부에서 시인이 내려놓은 주관성의 흔적(내가 ~한다는 것이므로)이며, 이 표식에 주목할 때, 우리는 이러한 불가능한 교환이 사실, 시인의 의지의 소산이라는 사실을 짐작하게 된다. 이렇게 인접성과 유사성을 약화시킨 통사의 결합으로 '바꾸다'는 행위의 가능성을 타진한 이 작품에서 잊지 말아야 하는 것은, 수차례 "바꾸고"가 반복되었다고 해서 그것의 원뜻 '바꾸다', 즉 교체가 강화된 것이 아니라, ~할 "때"와 ~하는 "사이"에 발생할 무엇, 순간의 행위가 기이하게 재현되고 있다는 사실이다. 이제니는 '바꾸다'의 피동적 결과를 시에 새겨 넣는, 추상적·형이상학적 사유의 소유자가 아니라, 바꾸는 행위("바꾸고"의 반복) 자체의 연속성을 살려내고, 바로 그렇게 할 때만 "소멸 직전의 문장을 적고 있"었던, 저 표현될 수 없을 것이라고 여겼던 어떤 잠재적 상태를 기록하는 일이 비로소 가능할 것이라고 믿는 언어 실천자라는 사실이다. 그는 언어 운동의 실행자, 리듬의 수행자인 것이다.

리듬은 이렇게 음성적 유사성으로 지어 올린 의미의 단위를 촉발시키며, 아직 실현되지 않은 세계를 백지 위로 걸어 들어오게 하지만, 그 어떤 경우에도 단순한 반복에 매몰되거나, 음성 자체의 추상성만을 부각시키지 않는다. 리듬은 통사적 고안으로 실현될 새로운 의미의 단위를 설정하는 데 몰두한다고 해야 할 것이다. 이제니의 시에서 음소보다 더 세밀한 단위라고 할 이 통사의 연쇄는, 의미라는 커다란 창구를 넘보는 대신, 아주 작고 세밀한 감정의 입구를 고안하여, 오로지 시 전체의 관점에서 요소요소에 접근할 때, 희미하게 드러날 미지의 감정을 끌어오는 일에 전념할 뿐이다. 이 새로운 질서 속에서 그의 시는, 유연한 동시에 완약하며, 부드러운 동시에 힘찬 어조를 포기하는 법이 없고, 경쾌한 동시에 육중한 움직임을 만들어내며, 처연한 감정을 몰고 오는 동시에, 감정 자체가 어떻게 시에서 언어의 운동을 통해 새겨지는 정동의 무늬로 거듭나는지, 그 전반을 헤아릴 지표인 리듬의 세계로 우리를 안내한다. 그의 시는 문자의 체계를 공고히 하는 대신, 문자가 낱말과 문장으로 서로 결합하는 방식의 고안을 통해, 구와 절과 문장의 새로운 질서를 창출하는 독창적인 목소리를 실현한다.

4. 리듬-순간-여백

이제니의 시에서 여백은 백색의 공간만을 의미하지 않는다. 순간이 살아 숨 쉬는 지점, 언어가 열어놓는 틈, 말이 제 무늬를 만들어내는 미지의 공간이 여백일 수 있기 때문이다. 구두점은 단순한 기호가 아니라, 이제니의 시에서는 여백의 시학을 실현하는 근본적인 동력이다.

우리는 한배에서 태어난 두 개의 머리 같구나. 그리고. 그러나. 어느 날 무언가가 지속되기를 바라는 순간. 우리 둘 중 누군가가 입을 다문다. 우리는 태어나기 전에는 모두 죽어 있었다. 빛이 사라진다. 어떤 빛이. 어떤 빛이 어둠 곁으로. 어둠 뒤로. 사라진다.
— 「초다면체의 시간」 부분

산책하기 좋은 날씨였다. 잎들은 눈부시게 흔들리고 아무것도 아닌 채로 희미하게 매달려 있었다. 아름다움이란 이런 것인가. 나는 지금 순간의 안쪽에 있는 것인가.

아니요. 당신은 지금 슬픔의 안쪽에 있어요.
슬픔의 안에. 슬픔의 안의 안에.
마치 거품처럼.
— 「분실된 기록」 부분

인용한 대목을 소리 내어 읽어보자. 시의 주관적 공간이 어떻게 창출되는지 드러나게 될 것이다.

우리는 한배에서 태어난 두 개의 머리 같구나. 그리고

〔　　　〕그러나〔　　　〕어느 날 무언가가 지속되기를 바라는 순간〔　　　〕우리 둘 중 누군가가 입을 다문다. 우리는 태어나기 전에는 모두 죽어 있었다. 빛이 사라진다. 어떤 빛이〔　　　〕어떤 빛이 어둠 곁으로〔　　　〕어둠 뒤로〔　　　〕사라진다

　　아니요. 당신은 지금 슬픔의 안쪽에 있어요.
　　슬픔의 안에〔　　　〕슬픔의 안의 안에〔　　　〕
　　마치 거품처럼〔　　　〕

　구두점은 말로 발화되지 않지만, 말에 속도를 부여하거나 휴지나 억양을 만들어낸다. 마침표는 좀더 깊숙한 여운을, 쉼표는 이보다 짧다고 할, 그러나 쉴 틈을 확보한다. 그럼에도 마침표나 쉼표가 그 휴지의 설정에 동일한 여백을 부여하는 것은 아니다. 문법적 흐름을 존중했을 경우(인용문에서 그대로 구두점을 표기해놓은 대목들)와 그렇지 않은 경우(구두점을 괄호로 표기한 대목들)는 말의 질서를 서로 상이하게 빚어낸다. 말의 속도와 그 완급을 조절하는 지표 역시, 시적 주관성의 요인이기는 마찬가지이다. 구두점에 의해 발생한 여백은, 이렇게 독서의 리듬도 바꾸어놓는다. "슬픔의 안에" 생겨난 공간이 이제 보이지 않는가? 바로 여기가, 말 그대로, "슬픔의 안"일 것이며, 이것을 우리는 언어의 정동이 살아

나고 숨 쉬는 공간이라고 인식해야만 한다. 말로 세계에 감정을 각인한다는 것은 바로 이런 것이다. 이와 같은 지점을 놓치면, 이제니의 시를 한 줄도 읽을 수가 없다. 그렇게 해버리면, 이 눈부신 정동의 시들이, 단순한 서정시로 전락하고 말 것이기 때문이다. 이제니의 시에서는 이렇게, 시의 모든 요소가 의미를 고안하고 정동을 새겨 넣기 위해, **동시에**, 얽히고설킨 조직처럼 움직인다. 상호의존적인 방식으로, 체계 속에서, 리듬에 의해, 리듬 속에서, 모든 주관성의 지표들이 조절되어 모습을 드러내는 것이다. 이제니의 시에서 리듬은 이렇게 의미-형식의 표식이며, 역설적으로 그의 시는 이러한 사실을 가장 효과적이고 집약적으로, 드러내고, 실현하고, 실천한다. 시에서 형식을 저버리는 의미는 존재하지 않으며, 의미를 고안하지 않는 형식은 가짜라고 말하는 것이 바로 리듬이다. 이제니의 시를 읽고, 우리는 그것을 다시 확인하게 된다. 또한, 의미에 붙들리는 일에 대한 경계는 이제니에게 순간을 향한 열정과 여백을 창조하려는 집념으로도 나타난다.

　순간의 감정을 대신할 또 다른 감정을 찾기를 포기하라 사물들을 가만히 두어라 아무것도 움직이지 말아라 그저 가만히 놓아두어라 그저 가만히 놓여 있어라 보이지 않는 입이 있어 보이지 않는 그림자가 있어 무수히 되뇌었던 말

들을 다시 소리 내어보는 것인데

　그때 우리는 아무것도 듣지 못했다 그때 우리는 아무것
도 보지 못했다 우리는 아무것도 갖지 않았다 우리는 우리
로 놓여 있지 않았다 아무것도 아무것으로 놓여 있지 않았
다 이미 그러하다 이미 그러했다

　사선으로 흩날리는 빗방울
　흩어지다 모이는 최초의 구름

　나무는 숲으로 이르고 숲은 나무로 이른 아침 나무의
나무는 나무의 나무로 흔들리며 시간의 틈을 얼핏 열어 보
여주는 것인데 어느 날의 작고 어린 개가 있어 어느 날의 희
미한 양 떼와 검은 모자가 있어 나무의 나무는 하나인 채
로 여럿이고 나무의 나무는 고요하고 나무의 나무는 가깝
고 나무의 나무는 다시 멀어지는 것인데

　아마도 그러하다 아마도 그러했다
　　　　　　　　　　　　　　　　　─「나무의 나무」 부분

　이 세계에 무언가 있거나, 들었거나 보았던 사실을 우
리는 어떻게 증명할 수 있을까? 그것은 차라리 말로 재
현되기 전에는 가능하지 않은, 말의 속성처럼, 그것도

항상 근사치로만 존재하거나, 모일 모시의 상황에 붙잡혀, 왜곡된 상태로만 주어지곤 하는 것은 아닐까? "순간의 감정을 대신할 또 다른 감정을 찾기를 포기하라"는 것은 의미에 대한 포기라기보다, 차라리 의미와 형식을 나누어 사유하는 이분법에 대한 비판에 가깝다고 해야 할 것 같다. 우리의 주목을 끄는 것은, 이후 시의 대목들이 바로 이 비판에 대한 언어적 실천, 그러니까 비판의 자기-지시적 구성 속에서 진행된다는 사실이다. 근사치로만 주어지는 상태와 순간으로만 일깨우는 세계, 너무 이르거나 너무 늦은 주관적인 시간 속에서, 가깝고도 민 어떤 주관적인 곳에서, 우리는 실상 "아무것도 듣지 못"할 것이고, "아무것도 보지 못"할 것이며, 보았다거나 들었다고 확신한다면 그것은 이미 거짓일 수 있는 것이다. "아무것도 갖지 않"으려는 의지는, 그러나 허무의 예찬이나 소유의 부정이 아니다. 그것은 "사선으로 흩날리는 빗방울/흩어지다 모이는 최초의 구름"과도 같은 것, 오로지 순간으로 존재할 뿐인 것들, 흘러가는 것들, 그것이 내려놓는 낯선 감정에 시가 제 촉수를 내민다는 것을 뜻할 뿐이다. 그것은 "아마도 그러하다 아마도 그러했다"로만 명명될 미지의 영토에서만 시가 생존할 수 있다는 주장이며, 이제니의 시가 향하는 곳이 바로 여기라는 사실을 말해주는 전거다. 이제니에게 이론과 실천은 서로 다른 것이 아니기 때문이다.

푸른 푸른 푸른 들판 들판 들판에
잔듸 잔듸 잔듸의 기분 기분 기분아

잔디는 자란다
저마다의 속도로 각자 유일하게
그림자인 척하면서 하나하나 고유하게
[……]
나는 그것을 쓰려고 한다
나는 그것을 쓰고 싶다

—「잔디는 유일해진다」 부분

사라지고 사라지는 마지막 순간까지
펼쳐지고 접힐 때마다
열리고 닫히는 순간마다

나는 우리에게 하지 못한 말이 있다
너는 우리에게 하지 않은 말이 있다

—「작고 검은 상자」 부분

　순간적인 것, 진행 중인 무엇은, 유일하고 고유한 것
이다. 그것은 무언가에 붙들린 것이 아니며, 무언가를
참칭하는 것도 아니기 때문이다. 심지어 유일해지는 것

조차, 말로 발화될 수밖에 없는 것이라면, 매번 그 차이를 노정하지 않을 수 없다. "저마다의 속도로 각자 유일하게" "하나하나 고유하게"되는 순간이라고 시인이 말하는 까닭이 여기에 있으며, 이 시인은 바로 이와 같은 순간에 대한 시적 성취를, "쓰려고 한다"와 "쓰고 싶다"고 말함으로써 쓴다는 행위마저 확신에서 벗어나야 한다고 경계하는 일도 잊지 않는다. 우리는 여기서 시란, 사물의 개별화 과정을 실천하는, 특수하게 고안된 말이며, 무의미를 움켜쥐고 허무나 부정이나 무(無)로 나락하는 대신, 의미의 결들, 의미의 함수들, 의미의 미지들에 다가가고자, 부단히, 쓰고 또 쓰는 프락시스와 다르지 않다는 사실을 확인하게 된다. 그렇다. 이제니의 시는 의미가 아니라 의미가 만들어지는 과정을 파고들고, 파고 들고, 파고, 들고, 끊임없이 되풀이하며, 말의 힘과 잠재력에 주권을 부여하고, 말의 운동 속에 뛰어들어, 지우고, 적고, 배치하기를 반복하여 길어 올린(릴) 미지의 목소리, 미지로부터 흘러나오는 목소리, 미지로 향하는 목소리인 것이다.

5. 리듬—목소리의 여행

이제니의 시는, 시라는 미지를 향한, 타자라는 미지를

향한, 미지의 목소리, 그 목소리의 여행이다. 그의 시는 문법을 뚫고 이 세계로 범람한 발화의 흔적을 우리에게 제공하는 목소리며, 주체의 표식이고, 언어의 조직과 말의 행위로부터 뿜어나는 강력한 운동이자 힘이다. 시의 목소리는 의미 그 자체가 아니라, 의미의 재료이며, 의미의 표식들이 서로 만나 부딪히며 생겨난 관계의 소산이다. 적혀 있는 문자들, 그 요소요소에 대한 문법적 지표들을 우리는 소리 내어 읽지만, 우리가 듣는 것은 언어의 요소요소가 서로 맺는 관계로부터 생성된 무엇이다. 목소리는 의미를 붙들어 매는 것이 아니라, 의미의 과정을 구현하기 위해 움직이는 문자 – 낱말 – 통사 – 문장의 운동이기 때문이다. 이제니의 시는 텍스트의 목소리, 정확하게 말해, 오로지 텍스트에서 의미를 만들어내는 과정을 더듬거릴 때 비로소 유추가 가능한 주체의 목소리다. 이 목소리는 '의미 – 형식'의 목소리이기도 하다. 그것은 의미의 영역을 새로이 개척해내고 미지를 지금 – 여기에 끌어안기 위해, 낱말과 문장의 조직을 통해 주체의 감정을 조절하는 경로이며, 따라서 말이 조직되는 과정에서 대상과 화자를 제어하고 배치하는 목소리다. 그것은 시인의 목소리가 아니라, 텍스트의 자격으로 행사하는 시의 목소리며, 화자의 목소리가 아니라, 화자 뒤에 숨어 있는 주체의 목소리다.

후회하지 않기로 하면서 후회한다. 눈 어두워 보지 못했던 것을 보면서. 다시 보면서. 나무가 있고. 거리가 있고. 벤치가 있고. 공허가 있고. 어둠이 있고. 고요가 있고. 바람이 있고. 구름이 있고. 들판이 있고. 묘비가 있고. 꽃이 있고. 시가 있고. 눈물이 있고. 네가 있고.

너의 얼굴은 지워져간다
어둠의 어둠 속의 희미한 빛처럼
그믐의 달처럼

있었던 없었던 것
없었던 있었던 것

목마름이 있고. 달무리가 있고. 거울이 있고. 겨울이 있고. 이해하지 못하는 말이 있고. 저주처럼 되돌아오는 말이 있고. 다른 누군가의 목소리 위에서 듣는 너의 목소리가 있고. 너는 그곳에서 그곳으로 가고. 깃발이라도 있다면. 깃발이라도 흔들면서. 깃발이라도 흔들 텐데.

떠다니면서 흩어지는 것
흩어지면서 내려앉는 것

이것은 누구의 목소리입니까. 사라진 줄 알았던 목소리

가. 녹색을 띤 그늘 속 이끼처럼. 둘로 나뉜 하나의 물방울
처럼. 밤과 낮의 경계 너머로 되살아나. 낱말을 발명하는
사람의 입술 주름 위로. 천천히. 손가락 하나를 가져가듯
이. 어떤 간격. 어떤 틈. 접힌. 닫힌. 시간 혹은 장소의. 영원
과도 같은 한순간을. 펼쳐보려는. 열어보려는.

　숨기는 동시에 드러내는 것
　드러내는 동시에 숨기는 것

　너의 얼굴은 다시 떠오른다
　그림자에 그림자를 더한 검은 윤곽처럼
　그늘의 입처럼

　이해하지 않기로 하면서 이해한다. 가지 못한 그곳으로
가면서. 그곳으로 다시 가면서. 계단이 있고. 창문이 있고.
강물이 있고. 잿빛이 있고. 희망이 있고. 한낮이 있고. 침묵
이 있고. 춤이 있고. 노래가 있고. 하늘이 있고. 숲이 있고.
새가 있고. 내가 있고. 다시 네가 있고.
　　　　　　　　　　　　　　　—「그곳에서 그곳으로」 전문

　이 목소리의 여행자는, 제 시가, 개인의 산물인 동시
에 공동체의 소산, 그러니까 타자와 함께 쓰는 개별화된
언어에서 주어질 것이며, 그것이 주체의 목소리라는 사

실을 벌써 알고 있다. 이 목소리는, "너와 나는 다른 둘이 아닌 하나"(「모르는 사람 모르게」)라고 말하는 목소리, 내가 너에게로, 네가 나에게로 이행하는 목소리다. 그것은 "떠다니면서 흩어지는 것"과 '흩어지면서 내려앉는 것"이 세계에 쏟아놓은 목소리다. 그것은 "있었던 없었던 것"과 "없었던 있었던 것"이라는, "숨기는 동시에 드러내는 것"과 "드러내는 동시에 숨기는 것"이라는, 아직 확정되지 않은 무엇을 파고들어 그것에 다가가려고 그것을 울려내려는 목소리, 그러니까 미지의 목소리다. 그것은 "무수한 괄호들 속의 무수한 목소리들"(「분실된 기록」), 그러니까 나의 개별적인 목소리에서 타자의 그것으로 향하는, 타자의 그것을 듣고, 나의 그것을 들여다보는, 이행을 전제하며, 전제할 수밖에 없는, 목소리인 것이다.

> 믿을 수 없게도 모두 함께 시를 쓰고 있었다
> 저마다의 낱말 속에서 저마다 아름답게 흐르고 있었다
> ──「몸소 아름다운 층위로」

시가 주체의 사건인 것은, 그것이 개인적이면서 공동체적인 목소리의 산물이기 때문이다. 소진될 수 없는 이제니의 시를 읽으며 우리는, 이 목소리의 여행자를 따라 강인하고 투명한 슬픔, 처연한 고독의 언어를 배운다

고 해도, 그 순간, 강인하고 투명하고 슬픔이라는 말, 처연한 고독이라는 말로 미처 담아내지 못하는 곳으로 시는 다시 여행을 떠날 채비를 꾸릴 것이다. 그것은 이 목소리가 타자의 말로 나의 말을, 나의 말로 타자의 말을 돌보는 말, 그러니까 근본적으로 이 세계와 언어에 대한 통념을 비판하는 말이기 때문이다.

6. 리듬−비평

리듬은 무엇인가? 시가 언어의 주체와 대상을 동시에 이룬다는 이중적인 의미에서 모든 시는 리듬의 삶이며, 삶의 리듬이다. 리듬은 곧 시가 자기 자신에게 하는 말이자 언어의 **행위**이며, 그 행위가 조직되는 과정 그 자체이다. 리듬이 시를 바꾸는 것이 아니라, 시인이 제 언어를 벼려냈다는 자격으로만 시가 리듬에 의지하여, 시 자신을 돌본다. 리듬은 시의 자기변화 외에 다른 것을 지칭하지 않는다. 세밀한 실현과 과정으로만 생존할 뿐인 의미의 구체적인 모습에 현미경을 들이대고자 할 때, 시가 제 몸을 세밀히 뜯어보고 변화를 꾀하려 스스로 갱신의 몸짓을 멈추지 않을 때, 이 멈추지 않는, 멈출 수 없는, 말의 운동이 바로 리듬이다. 리듬이 시 스스로 변화를 꾀하게 하고, 독특한 성취를 이루게 해주는 쉼 없

는 언어의 운동이라면, 리듬은 시의 자기-지시성의 징
표이자 프락시스의 증거이기도 하다. 리듬은 시 안에 새
겨지는 시이기에, 시가 바라는 저 삶이 어떠했는지를 보
고자 하는 욕망에 시달릴 수밖에 없다. 시가 언어를 체
현하고, 음미하고, 파악하고, 사유하는, 비상한 속성이
바로 리듬인 것이다. 이 속성이 개별화된 심원한 언어의
운동이라고 한다면, 또한 시 안에서 살아 숨 쉬는 언어
의 삶이라고 말한다면, 어떤 시가 있어, 리듬과 의미의
생성 과정을 따로 구분할 수 있다고 입을 삐죽거릴 수
있을까? 리듬은 형식의 유희도, 음성의 조작으로 제 지
표를 과시하는 표현적 미학의 집약도, 항구적인 반복이
나 구조의 산물도, 논리적 모호함 속에서 길을 잃고 마
는 난해성의 유산도 아니다. 그것은 시가 운용하는 말,
낯설고도 신비한 감성에 힘입어 토해낸 말, 그 말의 운
동이자, 가장 성공적으로 말의 잠재력을 일깨우는, 주관
성과 정동의 게이지다.

　이제니의 시는, 리듬이 왜 말의 주관성의 게토인지,
주관성이 왜 의미를 생성하고 그 수위를 조절해내는 리
듬의 운동만큼만 시에서 특수성으로 살아나는지, 왜 리
듬이 말의 양태와 통사의 특수한 조직으로 살아가는 귀
납의 자식인지, 리듬이 왜, 의미가 아니라 의미 생성의
과정을 돌보는 주인인지를 적나라하게 보여준다. 리듬
은 시에서 목격되는 규칙성의 반복이나 소리와 의미의

이원 대립적 양 축의 상호교차에 속박되는 것이 아니다. 리듬은 플라톤이 그것을 이분법 안에 귀속시켜 시와 산문 사이에 대립의 골을 깊게 파고, 리듬을 이 미진한 골짜기로 끌고 왔을 때조차, 단 하나의 흐름을 이룰 뿐인 개별적인 형태의 편에서 헤라클레이토스의 가르침에 충실하였다.[7] 리듬은 감각적이고 변화 가능하며 우발적인 출현으로만 우리에게 주어지며, 그와 같은 운동의 자격으로만 시에서 특수성과 주관성의 표식이 될 뿐이다. 리듬은 규칙성, 음성적 반복, 박자 같은 개념들과 연합하기보다, '흐름/흐르다'(rheō)라는 어원에 충실한, 즉, 통사의 조직과 배치, 구와 절의 양태, 우리가 말하는 '어법'이라고 흔히 칭해온 크고 작은 단위의 조직과 배치다. 그것이 조직과 배치인 것처럼, 리듬은 말의 운동이자 통사의 운동이며 말이 나뉘거나 결합하며 경계를 긋거나 붕괴되고 겹쳐지거나 서로 헤어지는 방식이다. 리듬은 필연적으로 의미가 되어가는 과정을 드러낼 수밖에 없다. 리듬이 이렇게 의미 – 형식의 사건이라면, 그것은 필연적으로 시와 언어의 낡은 통념에 가하는 비평적

---

7) "헤라클레이토스의 어원에 따를 때, 말 그대로 "흐르기의 특수한 한 방식"을 의미하는 ῥυθμός(rhuthmos)는 고정되지도, 본질적인 필연성도 없는, 항상 그 주제가 변하게 마련인 "정렬"에서 연원한 "배치들"이나 "배열들"을 나타내는 데 가장 적합한 용어였다.", É. Benveniste, "La notion de rythme dans son expression linguistique" in *Problèmes de linguistique générale, I*, Gallimard, 1966, p. 333.

몸짓일 수밖에 없다.

　얼굴 없는 얼굴에게 영혼 없는 영혼에 대해 이야기하며
밤 없는 밤을 건너듯 마음 없는 마음을 복기한다 사랑을 위
한 사랑은 하지 않기로 시를 위한 시는 쓰지 않기로 사선에
서 시작해서 사선으로 끝날 때 연약함을 드러낸 얼굴을 만
난 적이 언제였나 결국 거울을 깨뜨리고 말았습니다 어머
니의 방을 지나 안개 자욱한 거리로 나선에서 시작해서 나
선으로 끝날 때 쉼 없는 쉼을 갈구하며 구원 없는 구원에
관한 장면을 떠올린다 사라지기도 전에 사라져버린 것을 보
듯이 돌이킬 수 없다는 것을 아는 순간에 이미 사라지고 없
는 것을 보듯이 사라지는 것을 내내 되살리기 위해 오래오
래 간직하기 위해 너에게서 얼굴을 지워버렸다 얼굴 없는
얼굴 아래 이름 없는 이름을 새겨 넣고 기억 없는 기억의 온
기 속으로 구름 없는 구름의 물기 속으로 입자와 파동의 형
태로 번져나가는 관악기의 통로를 여행하듯 걸어간다 걸어
간다 그저 지나치듯이 지나치듯이
　　　　　　　　　—「구름 없는 구름 속으로」 전문

　시는, 리듬은, 결국 시와도 싸운다. 시는 근본적으로
비판하는 말이며 비판하는 리듬이기 때문이다. 우리는
이 작품을 시가 아니라, 자신의 시 관념을 늘어놓는 시
에 대한 근본적인 비판으로 읽을 수도 있겠다. 시의 적

(敵)은, 그러니까 의미를 함부로 확신하는 말들이며, 그것은 이제니에게 "시를 위한 시"일 뿐이다. 이 '시를 위한 시'를 습관처럼 비추고 반사하는 거울을 깨부수어야만 "연약함을 드러낸 얼굴"을 마주할 수 있을 것이다. 의미 안에 오롯이 포착되었다고 주장하거나, 단일한 의미를 투척하려는 의지 속에서 시는 찾아오지 않을 것이기 때문이다. 이제니는 사라져가는 순간, 사라지기 직전의 무정형의 감정을, 꿈틀거리며 살아 샘솟는 언어의 운동을 통해 잠시라도 붙들어 매기 위해, "너에게서 얼굴을 지워버렸다"고 말한다. '너'는 시, 미지의 무엇으로 존재할, 어딘가에 있는 시이며, '얼굴'은 그것을 대표해온 전통적인 상징, 그러니까 우리가 시라고 이해해왔던 관념들, 그 통념들의 총칭이다. "얼굴 없는 얼굴 아래 이름 없는 이름을 새겨 넣고 기억 없는 기억의 온기 속으로" 향한다는 것은, 따라서 시에 대한 강력한 비판일 것이며, 이 비판의 문장은 통렬하면서도 단아하고, 조용하면서도 힘찬 말의 흐름에 의해 빚어져, 지극한 아름다움을 뿜어낸다. 시에서 아름다움은, 말이 살아 꿈틀거리며 뿜어내는 어떤 힘의 산물인 것일까? 시를 모두 물리고, 새로운 말로 시적인 상태를 고안하겠다는 의지이기에, 이 리듬은 힘차고 또 아름다운 것일까? 시는 저절로 오지 않는다. 그것에 다가가는 일, 그 노력과 투쟁의 과정만이 존재하는 것이다. 시는 통념에서 벗어난 어떤 순

간의 결정체, 확정되기 직전이나 '동안'의 감정, 정체되지 않고 흐르는 '운동' 속에서만 주어지는 미지의 무엇이며, 이렇게 통념을 거부할 때, 거부하는 언어를 고안할 때, 살짝 열리는 틈입에서, "입자와 파동의 형태"처럼 흘러나오는 무엇일 것이다. 우리를 지금－여기에서 또 다른 지금－여기로 느닷없이 끌고 가는 언어, 요약되지 않는 말, 규정에서 빠져나가는 말이 바로 시인 것이다.

두 번 다시 볼 수 없는 사람이 꿈에 나타나 웃었다 울었다 사라졌다. 바람 사이로 사라지는 사람. 사람 뒤로 사라지는 바람. 비산은 두 개의 얼굴을 가지고 있다. 한쪽은 울고 한쪽은 웃는다. 울면서 웃는 것. 웃으면서 우는 것. 말하면서 말하지 않는 것. 말하지 않으면서 말하는 것. 여럿이서 하나가 되는 것보다 하나인 채 여럿인 방식을 택한 이후로. 그 골짜기에서 너는 돌이 되었구나. 바람이 되었구나. 내내 고독해졌구나. 아코디언과 폴카. 룰렛과 도미노. 광장으로 모여드는 겁 없는 청춘들처럼. 이름 붙이지 않아도 이미 있었던 사물의 의연함으로. 아름다움 속에서. 아름다움 속에서. 너는 높낮이가 다른 물그릇을 두드린다. 들리지 않는 마음처럼 어떤 목소리가 흘러나온다. 종이 위에 적힌 어두움이여. 찾아내지 않아도 이미 있었던 쓸쓸함이여. 비산은 바람이 없다고 했다. 나의 바람은 세계의 끝까지 걷고 걷는 것이다. 죽을 때까지. 끝없이. 끝없이. 내 속의 고요가 솟아 나올 때까지. 내가 알지 못했던 네 얼굴을 되찾을 때까지. 뜻 없는 모래 장난처럼 글자가 무너져 내린다. 어디선가 무채색의 노래가 타오른다. 그는 죽었고 썩었다. 꿈에서 돌아와 비산의 바람이라고 썼다. 돌에 새겨 넣듯 비산의 파도라고 썼다. 비산의 피로라고도 썼다. 내게도 고향이 있을 것만 같았다.

— 「비산의 바람」 전문

'비'와 '산'은 고정되지 않은 두 낱말[8]을 하나로 엮어, 어떤 산(山)처럼 가장해 놓았지만, 결국 두 개의 얼굴을 가지고 있는, 그러니까 단일한 의미로 수렴되지 않는 동시다발적인 특성에 대한 비유일 것이다. 중요한 것은 이제니가 "여럿이서 하나가 되는 것보다 하나인 채 여럿인 방식을 택한 이후로"라고 말하고 있다는 사실이다. 낱말이 모여 하나의 의미를 확정하는 방식이 아니라, 낱말들이 개별적으로 제각각의 다양한 의미와 그 차이를 담지한 상태를 보전하는 방식으로 시를 쓸 때, 의미를 최대한 지연시키면서 낱말과 사물의 개별성도 보존할 수 있다고 생각한 것은 아닐까. "이름 붙이지 않아도 이미 있었던 사물의 의연함"에 주목하고 "높낮이가 다른 물그릇을 두드"릴 때 애초에 의도하지 않았던 "목소리"가 홀

---

8) '산'은 散(흩어지다), 酸(시다), 潸(눈물이 흐르다) 등을, 비는 飛(날아오르다), 悲(슬프다) 등을 모두 머금는다.

러나오며, 그것이 어딘가 "이미 있었던 쓸쓸함"이라고 말하고 있지만, 영탄조로 표현된 이 고독의 존재론은 추상이나 형이상에 대한 예찬이 아니다. 이 영탄조의 종결은 결국 주관성의 지표로, 시적 태도에 대한 자기-지시적 표현이기 때문이다. 이렇게 비산은 비산(悲酸) 즉, 시리도록 슬픈 것, 비도산고(悲悼酸苦)의 약어가 되거나, 비산(飛散), 즉 날고서 흩어지는 것들, 그러니까 말의 운명에 대한 비유일 수도 있다. 그러나 무엇을 선택하건, 제목에 대한 이 두 가지 추정은 시를 우리가 다 읽고 난 다음, 그 어디에 붙잡히지 않는 말, 하나의 의미에 붙들리지 않고 날아오르는 말, 순간을 포착하려, 사이를 담아내려, 끝없이 보편문법으로부터 벗어나고자 하는 언어에서 수렴된 필연의 선택으로 남겨질 뿐이다. 그러니까 그것은 "비산의 파도라고 썼다. 비산의 피로라고도 썼다"라는 저 언술을 통해, 이 두 문장이 맺는 관계에 의해서, 의미가 되는 과정의 절차를 밟아나가기 시작할 뿐인 것이다.

그렇다. 그의 시는 자기-지시적 산물, 그러니까 기술한 바를, 문장의 조직으로도 실천하는 테오리아-프락시스인 것이다. 상투성에서 의미가 풀려나오려면, 이와 같이 날아 흩어지는 말들의 조합을 꿈꿀 수 있어야 하며, 제 고유한 문장을 정립해야 하는 시인의 의무가 남겨질 것이다. 이제니 시의 모든 문장은 비록 낯설고 의미 연관에서 벗어나 있는 것 같지만, 배치나 조직, 통사의 운동을 헤아리며 작품 전체의 지형 안에서 조망할 때 추적이 가능한 알리바이를 갖추고 있다. 말의 운동 속에서 이제니는 "내가 알지 못했던 네 얼굴을 되찾을 때까지", 그러니까 미지의 시를 실현할 때까지, 말의 가능성으로 열리는 세계에 가까스로 입사할 때까지, 통념과 의미와 시에 대한 관습과, 말의 상투성과 끊임없이 싸운다. 이때 리듬은, 시는, 벌써 비평이다. "사이와 사이사이에 한 줄의 시가 있다/오직 여백의 문장으로만 서로를 알아보듯"(「태양에 가까이」), 말을 해방하고 그 잠재력을 한없이 끌어올려 새로운 질서를 부여하고자 하는 행위가, 어떻게 비판적인 말의 고안 없이 가능하겠는가? 오로지 다른 말들에 기대어 제 가치를 확보하는 관계의 시학이 어떻게 비판적이지 않을 수 있겠는가? 배치와 운동 속에서 한없이 아름다운 빛을 뿜어내는 말들의 행렬이 어떻게 비평적 특성을 저버릴 수 있겠는가? 비판, 비평의 대상은 물론 언어, 언어에 대한 통념, 시, 시에 대한 통념, 사유, 사유에 대한 통념, 의미, 의미에 대한 통념, 세계, 세계에 대한 통념이다. "순간의 순간에서 순간의 순간으로/리듬으로 시작해서 리듬으로 끝나는"(「먼 곳으로부터 바람」) 시는, 이렇게 비평적이며 비판적인 관점을 관철해나가면서, 개별화된 언어의 품 안에 안겨 완성을 꿈꿀 것이다. 이제니의 시에서 '순간'은 항상 다른 순간들을 끌어오고자 할 것이며, '리듬'은 또 다른 '리듬' 속으로, 말과 말이 서로 결속하면서, 말과 말이 세밀한 차이를 부여받고 또 부여한다는 자격으로만, 미지의 감정들을 지금-여기에 비끄러맬 것이다. 말이 항시 "속이 빈 채로 서로 맞물려 있었"(「초다면체의 시간」)다는 저 말도, 이렇게, 벌써, 비판적이다. 이제, 아직 의미를 부여받지 못한 이 텅 빈 말들이, 서로가 서로에게 엇대고, 서로가 서로를 물고 늘어지면서, 제각각 유일한 가치를 부여받으려 제 차례를 기다릴 것이며, 그 과정에서 무엇이 생겨나고 또 사라지는지를 살펴보는 일이 우리에게 독서의 가능성으로 남겨질 것이다. 그의 시를 소리 내어 읽을 때, 우리는 비로소 움직이는 말이 모든 것을 삼킨, 아직 경험하지 못한 저 고독하고 외로운 바다 한가운데를 둥둥 떠다니게 될 것이다. 그의 시는, 읽고, 또 읽고, 읽고, 소리 내 또다시 읽어야만 하는 글, 그럴 때마다, 그 매번의 순간 제 수명을 연장하고, 끝내 단일한 의미, 단일한 해석에 백기를 들지 않는, 그리하여 슬픔과 죽음, 사라짐과 울음, 덧없음과 고독의 출렁거리는 한 자락을 자신의 언어로 붙잡을 수 있다고 말하는 시, 소진되지 않는, 소진될 수 없는 말, 이 소진될 수 없는 말로 궁굴리는 미지의 사건이기 때문이다. 그는 시의 최전선으로 우리를 데리고 가는 리듬의 화신이다. ▨